CHÁ DO PRÍNCIPE

REPÚBLICA PORTUGUESA

CULTURA

DIREÇÃO-GERAL DO LIVRO, DOS ARQUIVOS
E DAS BIBLIOTECAS

Edição apoiada pela DGLAB
Direção-Geral do Livro, dos
Arquivos e das Bibliotecas

Chá do príncipe

OLINDA BEJA

9. *Prefácio*

19. Conversa de quintal
21. Cartas do além
29. A lenda do precipício
37. Maria cambuta
47. Memórias de sô pimpa
53. Pantufo
63. Divina, a menina da *açucrinha*
69. Vinte
79. Leve, leve
85. A tristeza de konóbia
91. *Sóya,* sempre *sóya...*
99. Fyá malixia
107. Depois dos cinquenta
113. João Seria, uma lenda
121. O sonho longínquo de lucialima
129. O amor tardio de sam doló
135. O mistério da casa do morro
141. Rosas de porcelana
147. A professora da fronteira
155. Gratidão
165. A ilha dos santos
175. Chá do príncipe

189. *Glossário*

Chá do Príncipe, Capim do Gabão
Belgata: *Cymbopogon citratus*, D. C. Stapf.

Erva originária da Índia. Introduzida e dispersa por todas as regiões de São Tomé e Príncipe. A sua cultura não tem dispensado interesse. Contém óleo essencial de grande valor na indústria de perfumaria. Com as folhas frescas ou secas prepara-se um chá diurético, estimulante, aromático, antipirético, aconselhado do mesmo modo para o tratamento da gripe.

Luis Lopes Roseira
Plantas úteis da flora de S. Tomé e Príncipe

PREFÁCIO

> *Os meus mortos deram-me versos, assombros*
> *— um rio acampado na memória.*
> *(Os pássaros tomam o ar do seu canto*
> *— vento, vento espantado.)*
> Zetho Cunha Gonçalves,
> "Fragmentos da terra" (in *Noite Vertical*)

    Ler Olinda Beja, em verso ou em prosa, é ouvir o canto dos pássaros na aragem que bendiz o corpo assombrado da floresta santomense onde os rios se alimentam de memória e de sonhos. Onde, da mudez atormentada das árvores, pendem franjas esfarrapadas da história amarga, das vivências sangradas de homens e de mulheres arrancados brutalmente ao ventre de suas origens, reduzidos a coisas sujeitas à valoração registada numa escala de utilidade. Mas neste lençol de amargura que cobre seu arquipélago natal, a autora encontra sempre espaço para entremeios de poesia alimentada nas águas desses rios que lavam mágoas e retemperam o sonho adormecido no imenso oceano de cruzamentos forçados e de saudade enclausurada. No exercício de rememoração das linhas tortas do tempo passado, decantam-se aziagos atalhos, para que se abra "ao ar do seu canto" uma janela de esperança decisiva. Em sua escrita profundamente humanizada, Olinda Beja convoca os antepassados provenientes das várias esquinas do mundo e, de mãos dadas, talvez "à sombra de um velho oká", guiados pela "Cruzeiro do Sul" e exorcizado o MAL, desvendarão novos caminhos navegáveis em suas ilhas do cacau e do café, já que este é "um país que ainda não encontrou o seu rumo certo na História", após quinhentos anos de colonização medonha e de erros políticos no pós-independência.

Nas palavras finais do conto Divina — "...também Divina preencheu o meu orgulho de ir espalhando amor e tecendo laços de cultura pelos caminhos insulares da minha vida dupla", Olinda Beja define e assume sua missão primeira e última, como escritora e como cidadã — a preservação das raízes, esse cordão umbilical que nos liga à terra-mãe, fio indelével que vai tecendo a identidade, ao arrepio de todas as tempestades e intermitências. Em sua "vida dupla", entre Portugal e São Tomé e Príncipe, perseguem-na os "caminhos insulares" que a norteiam, orgulhosamente, na divulgação, em seu país natal e pelo mundo, da teia histórica e cultural de seu povo.

A escrita de Olinda Beja é, antes de tudo, um ato de amor. De dádiva plena, em jeito de devoção sagrada, na transmissão de tradições, cultos, linguagem, sentimentos, sobretudo às gerações mais jovens que, na era dos satélites, do telemóvel e da internet, vivem muito mais perto do longe-longe sem sabor nem cheiro, do que daquilo que deveria estar incrustado em sua pele e lhes corre nas veias. Afinal, a quem apanhar um resfriado, em São Tomé, e desejar terapia natural, só o cemitério poderá providenciar a cura... não é este o único local onde cresce, à laia de capim, a *"folha xalela/fyá xalela"* dantes cultivada em cada canto das ilhas?

Nestes contos do *Chá do Príncipe*, como em sua poesia, Olinda Beja constrói, à guisa da tradição oral africana, um cenário humano e natural encantatório, poetizando, numa espécie de esconjuro redentor, a desgraça, a pobreza, agruras e descaminhos, os traumas históricos do passado longínquo e do mais próximo, porque assim se abre caminho ao sorriso de esperança nos olhos da liberdade, porque, afinal, a vida se impõe sobre a memória tenebrosa de séculos.

Cada história desenvolve-se, a partir de uma epígrafe proverbial, em forro, língua "santomé", tomando a forma de corpo efabulado com moral ao fundo — ao mesmo tempo, entre lenda e realidade, cada narrativa conta, informa e forma, através de cenas esculpidas, cinematograficamente, com vivacidade, colorido, movimento. À medida que saboreia o texto rico em referências às ocupações e culturas tradicionais do povo das ilhas — a pesca, o cultivo do café, do cacau, da cana de açúcar, do algodão, palmar, frutos exóticos — o leitor descortina os meandros antropológicos e etnológicos, históricos, políticos, geográficos, culturais, do arquipélago santomense e trava conhecimento com personagens caraterizadas com mestria, através do uso da língua, dos comportamentos, da sua relação generosa e consistente com a paisagem circundante.

Sentimos no traço fino e aveludado das sílabas o abraço comovente "dos braços longos dos rios"... Aspiramos, sob a bênção dos raios de sol, o aroma extravagante dos frutos — morango silvestre, mamão, pitanga, grumixama... Nosso olhar perde-se no azul vítreo das águas do mar e só contemos a respiração com o ondear suspeito da cobra preta... Bate-nos descompassado o coração, com a descoberta do "esconderijo da lagaia"... Assistimos, maravilhados, ao concerto melodioso do ossobó, das aves que vigiam o amanhecer da alegria... Desfalecemos com a beleza perturbadora das flores... Mergulhamos, atónitos, no mistério enovelado da floresta habitada por *m'bilás*... Assistimos, até ao transe, embriagados pelos poderes mágicos de artes "do oculto", de feitiços, de "mandingas" ancestrais, a rezas, cantos e invocações, misturados com suores, tremores e olhos arregalados, para a limpeza do corpo e do espírito atacados por males de inveja e mau olhado, para se atrair amores arredios, para se conservar a beleza, a juventude.

A narração e a descrição assentam num certo tom de surpresa matizada, perfeita geminação com o quadro exuberante da geografia insular ponteada de aromas, cores, sons, sinais. São relatos de gente que não conhece o desassossego artificial do tempo, este goza ali de um valor bem distinto das sociedades apressadas do mundo tecnológico... em S. Tomé e Príncipe tudo é leve-leve! Sentimo-nos presos a cada palavra que nos leva, cada vez mais curiosos e enfeitiçados, pela terra dentro e seguimos, quase em modo de veneração, os passos de firme complacência de uma narradora omnisciente que, ao desfiar das aventuras, vai apertando o indestrutível laço de afeto com todas as personagens — entra fraternalmente em suas casas, em seus pensamentos, com elas ri, festeja, recorda, chora, prageja, ama, dança, canta o insólito do trivial que toma de assalto os dias vagarosos e tórridos das suas ilhas do equador, alimentando o fogo da memória e da saudade.

As narrativas curtas, sendo de autor, vestem-se com traje tradicional, são alimentadas por todo o tipo de manifestações da espécie humana no contexto específico colonial e pós-colonial africano, neste caso, de língua oficial portuguesa. Mascaradas com doses profiláticas de humor e de perfume poético, sobem ao palco da obra cenas de "criaturas aculturadas", da vida sacrificada e desenganada dos emigrantes, mas sobretudo do dia-a-dia das roças, bebidas dos lábios atormentados dos "contratados" ou dos seus descendentes, avivando a lembrança torpe da escravatura e de seus horrores, que só o sangue poderá lavar, na senda de um perdão (praticamente) impossível. Dá-se voz a um quotidiano sem voz, feito das ínfimas, mas enormes alegrias do amor e da família, para quem vivia à míngua, estrangulados pela saudade, pelas humilhações sem fim, pelas dores físicas e de coração amargurado, agora encafuados nos exíguos quintais com matabala, batata doce, galinha, porco... anestesiando com vinho de palma e dança, aos domingos, o passar bolorento do tempo — "Como todo o africano a expressão corporal ajuda e sempre ajudou a exorcizar dramas diários que na nossa terra se chamaram contrato e contratado."

Nas páginas do *Chá do Príncipe*, damos, pois, de frente, com a rotina abestalhada da maior parte dos colonos que, neste arquipélago, como noutras paragens de África e América, foram enriquecendo à custa da usura, da usurpação e da vigarice, do comércio escravocrata. Ecoam ainda nas roças as mexeriquices e a ostentação da vida leviana, social e privada, da era colonial, em que se apreciava, num matraquear sádico de submissão da criadagem, as iguarias vindas da metrópole, em banquetes regados a fantasias afrodisíacas e gargalhadas de salitre.

Olinda Beja continua a celebração, também neste livro, da ponte arquipelágica entre Cabo Verde e São Tomé e Príncipe, os dois primeiros laboratórios de mestiçagem genética e cultural no Atlântico. Deve-se ao trabalho forçado de muitos cabo-verdianos o cultivo do cacau, produto rei que, na época dourada, colocou São Tomé e Príncipe em primeiro lugar na produção mundial. Musicalmente, "Sum Alvarinho a dar força ao ouro da ilha: Cacau é ouro, é prata/é nosso diamante também…"

Vêm então a terreiro histórias que ilustram traços específicos da cultura dos dois povos, através de expressões linguísticas, de formas de agir, da menção de desejos, de sonhos, dificuldades, de manifestações da cultura tradicional, desde a gastronomia às danças e à música.

Nesta prosa narrativa que informa e forma, seja em tom de crítica mordaz, por exemplo, à falta de atenção dada à cultura, pelo poder político, em seu país, seja em tom de ironia fina, seja de sentimento solidário, chorado, sofrido ou festivo, surgem parágrafos de poesia pura em que os ritmos da terra dançam num enleio doce com as palavras, qual canto livre e encantado das aves da floresta primitiva — "sente o folhear da floresta, o deslizar da onda, o cantarolar do rio..."

Olinda Beja ilumina, com sua escrita poética e ficcional, o caminho fértil da tradição, o paraíso em que o povo santomense habita, mas desconhecido para tantos dos seus irmãos! A autora atribui importância superior e urgente à aquisição de conhecimento que torna livre o ser humano, por isso não desiste de cantar suas ilhas, sem, no entanto, cortejar qualquer manifestação de bucolismo saloio, que acontece, amiúde, num certo culto do "atraso" como algo exótico, para conforto de linhas de pensamento neocolonialista. Sua divulgação da cultura de São Tomé e Príncipe assenta, sim, na tradição como base sólida de construção de uma identidade que terá que tomar em suas mãos o destino promissor da nação arquipelágica. Divulgando sua cultura, a autora promove intercultura, porque somos, afinal, todos estranhos, se não nos conhecermos — e a ignorância adultera o "mapa do mundo".

Nos contos do *Chá do Príncipe*, a vida da narradora autora vai-se "confundindo" com a ficção e assim se cria a teia de biografias marcadas pela ancestralidade e pela geografia. Olinda Beja valoriza, acarinha, as vozes do povo anónimo, a sua autenticidade, esta que lhes traz orgulho de, novamente, existirem, e que reforça o sentimento de regresso, da autora, ao útero da terra-mãe, "à placenta que ficara enterrada no quintal", primeiro, em atitude de espanto e, depois, de aconchego deslumbrado e definitivo. "Tudo era novo, tudo era diferente, tudo era um pedaço de mim arrancado à meninice que aos três anos deixou escondida na bruma a esfera armilar de sons ébrios de encantamento." De realçar, nesta altura, a homenagem prestada por Olinda Beja a João Seria, "figura emblemática no cenário musical das ilhas maravilhosas", dedicando-lhe esta obra, e um conto, em particular — "João Seria, uma lenda", pois, citando a autora, através de um provérbio, "Todo aquele que fez crescer uma seara onde antes não havia nada fez mais pela pátria que todos os políticos juntos". Quando escreve, recita, conta, canta, dança, Olinda Beja, na pele de uma *griot* deste tempo, recebe naturalmente a música, lastro inseparável de sua palavra literária "...e a tua voz há-de estender-se mar além na minha alma e na minha poesia." Juntando-se à voz dos "incógnitos", dos "deserdados da sorte", alheios a homenagens, a voz de João Seria, como a voz das ilhas, corre mundo na alma e na poesia de Olinda Beja, gesto nobre de eternização do amor pela terra e por suas gentes, na passagem efémera da vida.

Mais uma vez, como vem acontecendo com a leitura de outras obras de Olinda Beja, sinto-me tão próxima da autora narradora, na vivência dos enredos modelados nestas páginas, bem similares a dramas e fatos de minha infância e juventude angolanas, que me é difícil evitar a comoção. Tudo me é familiar, desde a noite que escorre na pele suada de medos, feitiços e desejo, habitada por paixões proibidas, por vozes longínquas e mistério, pela sedução ondeante da serpente, ao sol da vida nos dias curtidos de cheiros e sabores intensos na roça, ao comportamento ardiloso dos animais, à frescura das águas benditas do mar e dos rios de todas as lembranças, aos frutos sumarentos, ao matiz oloroso das flores, ao canto arrebatador dos pássaros do entardecer e...

Sem pára-raios,
desmembram os relâmpagos, faísca
sobre faísca,
as árvores antigas da terra — que rodeiam,
estremecem — amuleto e feitiço,
como se Deus se soletrasse
na pedra inaugural do meu rosto.
Zetho Cunha Gonçalves,
"Fragmentos da terra", in *Noite Vertical*

Regina Correia
Massamá, 04 de julho de 2017.

CONVERSA DE QUINTAL...

"Sabe dona... tempo d'agora é *diferente muito*. No outro dona sabe... *nós passava* na roça ou no quilombo, *nós entretinha* a ver jogar sessenta e um, *nós ouvia* o que avó contava... *nós fazia* com avô *sóya dá buyá*, *nós ria* muito com *aguêdê* "tôm... tôm..tôm... *lodja palêdê*, o que é?" agora *minino di* hoje!... é só novela novela novela só... *eu tem* um mundo de *sóya* aqui *no cabeça a estragá*...
Era no tempo da gravana, chuva pouca, então avó Sistina sentava no banco de *pau kimi* no quintal e entretinha o tempo todo todo a desfiar coisa que ninguém sabia... só ela!
E vinha criança, muita criança de *luchan* mais longe e faziam todas roda graaannde e avó se sentia *feliz muito en* dona...
Agora... *kê* dona!... agora não tem mais roda não *en*! agora só se dona quiser ouvir *di mim*..."

CARTAS DO ALÉM

Sêbêdô sê sótxi na valê fá
(Sabichão sem sorte não vale nada)

Era manhã manhãzinha quando João Cavalete partiu para o trabalho. Trabalho duro que a safra do café estava difícil, os ramos cheios de cobra preta e chuva muita. Apesar de estar apressado notou um papel branco dobrado em quatro atrás da porta. Quase que jurava que à noite quando se fora deitar nada vira e ele fora o último a ir para a cama. Abriu-o e começou a ler os gatafunhos nele escritos.

Crida *Zêfina sou eu seu marido que escreve você não tenha medo sou eu mesmo* pesso *você que não chore mais e não passe mal eu fico bem* ópê *de deus eu quer pedir ocê tenha* passiencia *muita com nosso* kodé *nosso* carapinha *ele é bom* minino *quando ele* pidir *cinco mil dobra* ocê dalhe *dez e si ele* pidir *dez* ocê dalhe *vinte e diga a João que seja bonzinho pá ele chauê*

Gritos sem fim, filhos, mãe, vizinhos e familiares que chegaram dos mais recônditos cantos da ilha mal souberam que Sum Malé Carapinha tinha escrito uma carta à família. Todos queriam ver, ouvir e até os que não sabiam ler queriam ter nas mãos aquele papel chegado de um lugar tão inacessível mas tão belo como deve ser o céu.

Malé dos Santos mais conhecido no *luchan* por Malé Carapinha era homem bom, nunca dado a discussões nem a rixas com ninguém, tonga de Angolares mas que viera viver com San Zêfina em Monte Mário e a encheu de filho e filha e lhe fez casa de madeira pintada de azul da cor do mar que ele tanto gostava. Mas foi o mar, o seu *omali* como ele dizia, que o levou numa noite de vento e chuva forte deixando-o passados três dias na Praia Grande para onde o seu corpo foi atirado. Todos o lastimavam, um homem tão bom, amante da vida e das mulheres, das festas, das comidas que sua Zêfina preparava que a outra que ele tinha em Ribeira Afonso apenas lhe servia para dormir sonhando com outros mares encantados cheios de sereias prateadas.

Festeiro como ele não havia outro nas redondezas. Era vê-lo na festa de Santo Izidoro em Ribeira Afonso, mão na cintura de Dorinha a sua outra que tanto fazia enciumar Zêfina. Depois, se a pesca tinha corrido bem, se a canoa tinha trazido *gandu*, vermelho ou voador com fartura, era vê-lo a pagar cerveja ou vinho palma aos amigos até todos cantarem

Dêsu fê omali
Patxi da pixi an
Gandu ku tê fama
Só fé wê lizu
Tomá kwá dê an
[...]
Gandu ê!
Hozé sá djá tlabé ô
Mandá bô á ódjo mantxan ô

E os muitos filhos que tinha tal como capim em terra farta ele os acolhia e por eles repartia num só abraço o peixe, as roupas, os sorrisos... mas o *kodé*, o seu Carapinha, oh! a esse o amava por demais e todos se apercebiam do muito que ele lhe queria. Só que Zézé Carapinha tinha saído um garoto reguila, travesso, endiabrado tal e qual seu avô Mêzinho, pai de sua mãe Zêfina que o criara em criança e lhe ensinara todas as artimanhas próprias da idade.
"Zézéê...!"
"Avô...!"
"quando você quiser pedir alguma coisa a alguém você tem que ser muito mas muito esperto... tem que usar da i-ma-gi-na ção" e o avô dividia energicamente aquela palavra como se dela dependesse o futuro do seu neto.

E assim até aos doze anos o miúdo viveu a tentar ludibriar os amigos de escola, as primeiras namoradas, a professora a quem dizia que o Rei Amador era seu antepassado e afirmava e reafirmava até a professora gritar

"Cala a boca Zézé Carapinha senão chamo teu pai!"

"Meu pai *tá* no mar fundo a pescar pr'a senhora *comê pixi flésku ta-ta-ta*"

Nunca se sonhara tal desfecho. Sabedor das artes da pesca, Malé Carapinha conseguiu, com o dinheiro que ia amealhando da venda do peixe, comprar canoa nova a Sum Filinto d'Alva, pôr motor novo e com os seus dois filhos ir mar fora e voltar feliz. Ao mais novo ele pediu sempre que não fosse ao mar que nunca se sabia o que poderia acontecer, que o mar lá muito longe é tão fundo tão fundo que nunca ninguém voltou de lá. Contava-lhe até que um dia vira em cima das ondas lá muito longe dois gigantes cada um com seu cacete e que o ameaçaram e ele teve medo de morrer. E Zézé Carapinha, criança ainda, ouvia aquelas *sóyas* e prometia ao pai que iria um dia trabalhar no cafezal de *Sum* Mário Forte onde João já trabalhava. E o pai partia feliz prometendo a Zêfina que havia de fazer de seu *kodé* um homem honesto mas sempre com pé em terra firme.

Agora que a casa estava de luto pelo desaparecimento físico de um homem bom aparecia aquele pedaço de papel.

Chamou-se o padre, o curandeiro, o mestre *piadô zawa* e todos disseram exatamente o mesmo

"Coisas do outro mundo não se explicam..."

"Respeito, viu...é bom rezarem à noite por alma dele" foi com este conselho que o padre deixou a casa da sua paroquiana.

À noite, antes do jantar, resolveram cumprir o que fora dito para que a alma de Malé ficasse em paz e não mais escrevesse cartas que punham toda a gente a entrar e a sair da casa de Zêfina, a viúva mais visitada de Monte Mário. Até Dorinha, sua outra, viera juntar suas lágrimas às da rival, lastimar a ausência de Malé e ver de seus próprios olhos o papel onde o seu defunto escrevia do além. Que bonita uma carta do céu! Pena Malé não se lembrar de lhe escrever a ela, talvez quem sabe, um dia destes, afinal ela tinha três filhos dele e não estava certo só se lembrar de Zézé Carapinha. Em vez de burburinho que noutra situação seria usual, Zêfina abraçou muito Dorinha e disse-lhe que ia pedir a Deus para que Malé escrevesse também a ela.

Alvo de todas as atenções, Zézé Carapinha passou a ser um rapaz feliz, alegre, muito extrovertido, pois que agora andava sempre com umas quantas dobras no bolso. "Se ele *pidir* cinco mil dobra ocê *dalhe* dez se ele pidir dez ocê *dalhe* vinte e diga a João que seja bonzinho *pá* ele"

Como filho mais velho, João Cavalete, assim chamado por subir e descer de manhã até à noite no cavalete para fazer a safra do café, sempre tomou na família uma posição de quase chefe substituindo o pai nas ausências piscatórias. E tal posição dava-lhe o direito de assentar umas lambadas valentes em Zézé pelas travessuras que ele fazia tanto a vizinhos como a colegas de escola. Agora com catorze anos estava mais calmo, já tinha namorada de portas adentro, já chegava tarde a casa quando ia dançar para o terraço de San Rita em Ribeira Afonso. Mas estas qualidades não excluíam que de vez em quando João não tivesse que o chamar e ameaçar com uma valente surra. E assim, para que o irmão entrasse na linha, a ameaça tinha que ser cumprida.

Foi quase de madrugada que se ouviu o choro da mãe. Ela levantou-se cedo, pois tinha que apanhar o táxi para São João de Angolares. Precisava de ver seu velho tio Orguinho, o único irmão vivo de seu pai. Ele mandara recado por vizinha Leoncia que estava doente e queria muito vê-la. Na véspera preparou galinha estufada e um saco com banana-pão. Deixou tudo no *kwali* e levantou-se ainda com as estrelas. Por isso encontrou o papel. Tal como o primeiro, dobrado em quatro. Alvoroço tremendo agora até com alguma pontinha de inveja das vizinhas, das primas, dos amigos do defunto marido... como era possível já uma segunda carta do céu?!

"um homem abençoado... até escreve do céu!"

"mas *Sum* Epifânio também era homem bom ... e não escreveu nunca não"

"*Sum* Epifânio roubou terra *di* gente, você esqueceu...ê?"

"e usou chicote p'á contratado... *kê*! Ele já é demónio já... deve está no *fenu* ajudá demónio"

Todos se debatiam em conjeturas infrutíferas, interrogações sem resposta, certezas de uma bênção especial para aquela família.

"*crida* Zêfina eu *tou* bem no céu era só pá sabê si ôcê tá boa e os filho e ôcê não esquece nunca di nosso *kod*é lembra do *pidido* que eu fiz *ôcê chauê*"

Pois o pedido já se sabia, "se ele *pidir* cinco mil dobra ôcê *dalhe* dez, se ele *pidir* dez ôcê *dalhe* vinte..."; ele era Zézé Carapinha que estava encostado à porta de entrada feliz da vida, pois que fora naquele domingo dançar no terraço da Rita...

A mãe abraçou muito Zézé, queria que ele dissesse ali mesmo, em público, diante de amigos e vizinhos que a mãe estava a cumprir o pedido do pai falecido, queria que toda a gente soubesse que, apesar de muitas dificuldades, ela se esforçava a trabalhar em Ribeira Peixe para ter sempre dobra no bolso para satisfazer tão estranho pedido. Mas se era um pedido que vinha do céu, de junto de Deus e do seu querido defunto, então... era mesmo obrigada a cumprir!

Zézé botou lágrima, muita lágrima, contou a todos que a mãe nunca falhava um pedido seu, contou também que às vezes nem precisava, nem pedia, mas a mãe insistia... e dava sempre em dobro!

João Cavalete convidou o irmão para irem ao *obô*. Ele disse que não, que tinha medo de cobra preta, que havia muita lama e bota escorregava no cavalete mas João prometeu que ele ficaria encantado com a descoberta que ele tinha feito. Um tesouro, um autêntico tesouro mas Zézé teria que jurar por alma do pai que aquele segredo ficaria entre os dois para o resto da vida. Até à morte. Nem amigo, nem mãe, nem irmãs nem irmãos, nem vizinhos poderiam saber de tal segredo. Feita a jura perguntou um pouco incrédulo

"E dividimos o tesouro?"
"Certeza absoluta. Metade metade"
"Então vamos..."
Caminharam pelo escuro do *obô*. Zézé seguia o irmão entre a confiança e a desconfiança, subiram, desceram até à grota mais funda onde o rumorejar da ribeira abafava qualquer som que ali se produzisse. João adiantou-se uns passos. De repente estacou e pôs um pé à frente do irmão que caiu desamparado. Num ápice tirou uma corda que levava escondida no bolso das calças e enrolou-a na mão direita não dando a Zézé tempo de se erguer. Tudo muito rápido. Levantou-o com a mão esquerda. Depois desferiu um soco que voltou a deitar Zézé por terra. Com a corda chicoteou-lhe o corpo como quem chicoteia um cavalo. Sem dó nem piedade.

E com toda a sua raiva e indignação pelo ato que descobrira na noite anterior em que fingia dormir quando o irmão entrou em surdina e sorrateiramente pôs a carta no chão da salinha de entrada, desferiu tantos golpes no rosto, nas mãos, nos braços, nas pernas que Zézé já implorava por alma do pai que não o matasse. Não, não o mataria, queria apenas ter a certeza que Zézé nunca mais seria capaz de ludibriar a única mulher no mundo que não podia nem devia ser ludibriada, a sua própria mãe!

Durante mais de uma semana, Zézé Carapinha ficou de cama cheio de dores, ligaduras, emplastros, enquanto João Cavalete lastimava a todos a queda desastrosa que o irmão dera no meio do *obô* ao tentar descer para a grota.

A LENDA DO PRECIPÍCIO

Amôlê sê vonté na valê fá
O amor sem vontade não vale nada

Ela era rainha. Eles eram escravos. Mas, sem o sonharem, teceram em conjunto a mais bela lenda do Precipício, pois que o amor proibido a isso se presta.
Recuemos no tempo. De quando na ilha se fazia o negócio sórdido de compra e venda de seres humanos que, apenas por terem uma cor de pele diferente, eram "caçados" como se fossem animais selvagens. Acorrentados de pés e mãos, forçados assim a deixarem suas terras natais, partiam para bem longe de onde nunca mais regressariam. Vendidos como "peças" humanas, faziam deles escravos como se não tivessem um cora-

ção dentro do peito ou como se tivessem nascido de uma forma diferente de todos os outros mortais. Foi uma página horrenda da Humanidade que ainda não encontrou a palavra perdão no folhear dos sentimentos asquerosos de que por vezes se reveste.

E nesse tempo antigo a ilha era assolada por corsários e navios negreiros que ali acostavam carregados desses homens e dessas mulheres que iriam ajudar a construir impérios que, felizmente, com o rodar dos séculos, se foram desmoronando. É que, quase sempre, a História se encarrega de provar que o que se faz com sangue com sangue se desfaz.

A rainha tinha o império da grande parte das terras da ilha do Príncipe, abastadas que eram de cana açucareira, palmeirais sem fim, frutos, aves exóticas, rios a transbordar de peixes raros e saborosos... que mais poderia ela desejar?!

Jovem e bela, não lhe foi difícil encontrar pretendente com quem seu pai a casou em cerimónia de demonstração de riqueza e de abastança tal que se brindou em taças de ouro à felicidade dos nubentes. Mas... quem era afinal aquela mulher de pele negra, luzidia, corpo esguio, bem feito com retoques de uma sensualidade que lhe aflorava nos olhos lânguidos e tristes, na boca como amêndoa de caroceiro e se dava ao capricho de mandar gravar o seu monograma nos pratos e nos copos por onde comia e bebia?!

O imensurável poder económico adquiriu-o, ou melhor, herdou-o de seu pai no tráfico de escravos apesar dessa prática ignóbil estar proibida há já alguns anos. Sabia-se, no entanto, pelo pessoal que com ela

convivia que a rainha era infeliz no amor. Pois é, não se pode ter tudo na vida, apenas um pouco do que por direito nos é destinado. Assim era com a rainha, pois sabe-se bem que casamento por conveniência e imposto pelo progenitor nunca dá bom resultado!
  Jovem, bonita, atraente e sobretudo rica, muito rica mas... o pai queria um título de nobreza! E aquele noivo tinha-o! Por vezes as pessoas confundem abastança e títulos com amor mas não é verdade que assim seja. Nunca o amor viveu de títulos e muito menos de abastanças. O amor basta-se a si próprio, puro e cristalino como as águas das ribeiras no tempo das chuvas. O amor, se é mesmo amor, nada exige em troca. Assim ao título sobrevieram noites de solidão em que apesar da sua beleza se via trocada por mulheres de outras roças por vezes sem um teto digno ou por damas da alta sociedade que, dessa forma, se viam vingadas da arrogância e da prepotência com que sempre a rainha as tratava. E o título afinal para que servia?! Nunca ninguém fez amor com títulos, nem com os do tesouro nem com os heráldicos!
  Aliás, todos sabiam a quem pertencia toda a riqueza da ilha. A ela e só a ela, a mais poderosa, a rainha. Ele, o consorte, tinha de seu realmente o título que herdara de seus antepassados, galões bordados a ouro e a prata nas fardas de linho e de algodão vindos de paragens bem distantes. Uma bela espada de aço encastoada a prata que seu avô ganhara em escaramuças por terras do Oriente ao serviço da Coroa Portuguesa era o distintivo que lhe dava a nobreza e a classe a que dizia pertencer. De estatura mediana, sem doçura no trato, por

vezes até indelicado nas palavras que dirigia à esposa, salvava-se nele o porte de mestiço, altivo e indiferente, olhos negros, profundos e um sorriso alvo em seus dentes imperfeitos. Nada mais possuía. Nem polidez nem beleza.

O resto era dela, da rainha. Quatro casas na cidade, centenas de escravos, joias, baixelas, roupas riquíssimas, roças a perder de vista desde a lendária Cima-Ló a Ribeira Izé, roças que lhe davam o carregamento de milhares de sacos de canela, açúcar, algodão... além do tráficode escravos, claro... Ah! Mas... e o amor?! Bem, esse teve de o procurar!

Um dia pediu a dois dos seus serviçais, homens de sua total confiança, que fossem ao cais e lhe comprassem um ou dois escravos belos e possantes, pois que tinha chegado da Costa da Mina um navio inglês carregado de "peças". Dizia-se na ilha que os escravos oriundos daquele país e com destino às Antilhas eram bem apessoados de membros, robustos, força hercúlea, capazes de derrubar árvores e muros só com o encosto do seu peito. Pois era de homens assim que ela precisava. Eles seriam o seu escudo, a sua proteção, a sua defesa. Protegida dessa maneira ninguém se atreveria, nem mesmo o homem com quem casara, a hostilizá-la e a humilhá-la como se fosse uma qualquer. Como se ela fosse apenas um brinquedo caro mas que já não tinha mais utilidade. E ela era tão jovem, tão sensual, tão ávida de amor e de paixão...

O marido partira em negócios para o Brasil e ela estava só. Muito só. A noite começava a surgir na curva longínqua do oceano. Saiu com Leontina, sua velha escrava de confiança total, pois que a ninara desde o berço. Foi até ao Precipício. Queria chorar as suas mágoas e a sua desventura e ali ninguém a veria. Um pouco atrás seguia-a, servilmente, olhos postos no chão, um dos escravos que comprara e que tinha por missão protegê-la de tudo e de todos. Dar a vida se ela assim o exigisse. Mais longe ainda, tal como lhes ordenou, dois outros ficavam de atalaia até ao seu regresso.

A rainha sentou-se numa pedra e ordenou à escrava que chamasse o jovem. Pela primeira vez ficava só com um homem que era seu súdito. Analisou-lhe as formas no corpo quase nu. Mandou-o aproximar-se. Queria ver de bem perto aqueles olhos que nunca vira. Como seriam os olhos de um escravo?! A cor da pele era igual à sua mas o estatuto social era tão diferente que cavava um fosso profundo entre ambos. Contrariado, o escravo obedeceu. O que lhe quereria a rainha? E se o mandasse torturar?! Todos sabiam que ela era implacável com quem lhe desobedecia.

A lua cheia que entretanto nascera iluminava-lhe o rosto de ébano e as feições que ela tinha na sua frente eram as de um homem deveras bonito, muito bonito. Escravo seria mas era um homem! Mandou-o aproximar ainda mais. Cada vez mais. Tocou-lhe ao de leve no peito robusto. Ele estremeceu. Tentou resistir. Ela ameaçou-o de morte. Que nem ousasse desobedecer-lhe, pois o chicote dançaria no seu corpo até o sangue jorrar em catadupa. Obrigou Leontina a tirar-lhe a diminuta roupa que cobria as suas partes íntimas. Incrédulo, o jovem deu um grito que se confundiu com as gargalhadas da rainha. Mandou-o deitar no capim úmido da noite. Leontina afastou-se. Ela sabia que aquele momento só à sua rainha pertencia, só a ela lhe era dado saborear o fruto proibido. Como escrava teria apenas de vigiar.

 Feliz, a rainha deitou-se ao lado do seu escravo. Com mestria, suavemente, foi deixando deslizar os dedos pelo corpo jovem e apetitoso que tinha ali ao seu dispor. À sua total disposição. Brincou. Acariciou tudo o que seus dedos encontraram. Provocou por demais e ele teve que retribuir. Sentia agora a frescura do capim e o odor do corpo masculino e tudo lhe sabia bem. Pegou-lhe nas mãos e ensinou-o a percorrer-lhe o corpo sedento que nunca ninguém, nem mesmo o homem com quem a tinham casado, ousara desvendar. Quando no turbilhão dos sentidos e do prazer supremo os seus corpos se encontraram ambos julgaram ter chegado finalmente ao paraíso. Ali não havia mais nem escravo nem rainha, nem subjugador nem subjugado, apenas um homem e uma mulher na sofreguidão de desejos recalcados, incontidos...

 A noite já ia alta quando regressou a casa com Leontina. Aliás também ela fora ameaçada. Mandar-lhe-ia coser a boca, jurou, se fosse sabido o que se tinha passado ali junto ao Precipício. A partir daquela noite a rainha passou a sorrir mas o seu belo escravo nunca mais foi visto. É que o seguro morreu de velho.

 Diz a lenda que a rainha mandou que os seus dois homens de confiança o atirassem do Precipício. A ele e a todos os outros que ela mandava buscar aos navios negreiros quando queria passar uma bela noite de amor.

Lenda, realidade ou imaginação fértil? Nunca o saberemos mas o certo é que há quem afirme, ainda hoje, que, em noites de lua cheia, se ouvem gemidos e gritos lancinantes vindos do Precipício e o barulho de um corpo a cair no mar.

MARIA CAMBUTA

Wê bê wê, wê na bê kloson fá
Vi os teus olhos mas não vi o teu coração

Vinda numa leva de contratados de Angola, a todos dizia que havia de fazer da sua menina uma princesa, até mesmo, quem sabe, uma rainha, pois não vinham elas das terras de Ginga, a rainha que nem aos portugueses obedeceu?...
Despejada em Fernão Dias com a filha e com a mãe que, também ela quisera, mesmo na curva descendente da vida, tentar a sorte nas ilhas do cacau, Rosa Cambuta olhou o espaço exíguo onde iria viver dali por diante. Maria, a sua pequenita Maria, baixinha e franzina como ela e daí o apelido, já corria no meio do

enxame de miúdos, irrequietos, todos filhos de um deus menor que fora injusto para com um povo escravizado durante séculos e sem culpa formada.

Contra ventos e marés, toda a preocupação de Rosa foi que sua filha pudesse encontrar um homem que a tirasse da vida de contratada e assim quis que sua mãe a ensinasse a cozinhar, o que a jovem recusou sempre, pois a dança e o folguedo é que eram o passatempo predileto de Maria.

"Eu quero é ir na festa de domingo dançar..."
"Só dançar minha filha não dá não!"
"Eu ajudo a capinar terreiro... a quebrar cacau..."
"Mas não chega não... tem que saber cozinhar!" mas isso era coisa que pouco lhe interessava.

Maria Cambuta era bonitinha. Tinha a cor de ébano da sua progenitora que do seu progenitor apenas ouviu de sua mãe o nome, nome de branco, mas nunca lhe viu o rosto. Tinha uma carapinha farta, uns olhos expressivos, gaiatos a atestarem a sua juventude ainda a rasar a infância que partia, o corpo bem torneado, baixinho como o de sua mãe e sua avó. Não era forte não, pelo contrário, era fraquinha de corpo e talvez por isso os rapazes não lhe ligassem grande importância. Sabia dançar, é certo, rebolar-se nos braços que a pretendiam e chamavam para o forró mas para amantizar... nada. Forro sempre gostou de mulher bem cheia de formas, grandes nádegas por onde possa ir passeando mãos e braços no enleio da música. E quer também boa cozinheira. Por estes dois motivos Maria Cambuta ia vendo o tempo passar e nada de nada. Sua mãe se aflige por demais e sua avó fazia rezas em casa de Sum Bêlino, o curandeiro mais famoso de Guadalupe e arredores. Que tivesse esperança, dizia lhe ele, que a seu tempo Cambuta iria arranjar alguém para amantizar!

Dédé gostou mesmo dela. Chegara no Ambrizete havia um mês. Vinha de S. Vicente. Mocinho elegante, esbelto, passava os dias na safra do cacau e nas poucas folgas a deitar os olhos para Cambuta. Ele era cabo--verdiano, não tinha aquela ideia de se ligar a mulher gorda, de ancas roliças como os forros alardeiam que só assim é que satisfazem bem os seus desejos. Num terreiro, ao som de um *socopé* bem ritmado, Dédé apertou Maria Cambuta contra o peito. Primeiro ela riu muito. Ele não sabia dançar *socopé*.

"Dança de Cabo Verde é *coladera*!"
"Aqui é *socopé*!. Eu ensino você!"
"E se eu aprender você fica comigo?"
"Fico. Para sempre"
"Jura que me dá seu coração, Maria"
"Eu *jura*. O meu coração será sempre seu. Só seu Dédé."

Dito e feito. Juras de amor, aulas de *socopé* e, ainda a estação das chuvas não tinha chegado ao fim, já Dédé e Maria Cambuta tinham erguido a sua casinha de madeira e troncos de coqueiro a segurarem o zinco da cobertura. No quintal que lhes fora destinado pelo capataz havia banana, um velho *safuzeiro* e em breve Dédé iria produzir matabala, batata doce, mandioca e outros mimos para que Maria Cambuta fosse a melhor cozinheira do mundo. Sim, porque desse predicado da cozinha Dédé não prescindia. Aliás nem quis amantizar sem ter a certeza absoluta de tal qualidade:

"Você cozinha bem Maria?" — perguntou-lhe uma noite no rodízio da dança
"Quê! Sei fazer tudo"
"Tudo mesmo?"
"Tudo mesmo"
Sabia que estava a mentir mas uma mentira por amor não tem valor, diz-se na terra e se não o fizesse ela sabia que o perderia para sempre. E voltou a dizer com convicção:
"Sei fazer tudo... pode pedir o que quiser que eu cozinho *pá* você viu! Não sou *plêgida* não!"
Só havia uma tristeza no coração de Maria Cambuta a ensombrar a alegria que a mãe e a avó sentiam. Era a distância da casa materna. Roça grande é mesmo assim mas numa corrida entre capim e cacauzeiros logo estavam todas juntas.
Num cercado feito com pau de *margoso* e *bança* amarrado com *inhén dôxe*, Dédé pôs galinha, porco e pato já a pensar nos dotes culinários de sua amada mulher.
Ainda estavam juntos há pouco tempo e já Dédé lhe exigia uma boa cachupa para o jantar. Ele ia para o mato bem cedinho, regressaria à meia tarde.
"Você sabe fazer cachupa Maria Cambuta?"
Num relance ela lembrou-se do que lhe confirmara. Ela sabia fazer tudo!
"Quê Dédé! Eu hein! Eu *faz* cachupa sim..."
"Cachupa rica... com muita carne como minha mãe fazia em S. Vicente"
O coração a saltar-lhe da boca, a bater descoordenado numa corrida desenfreada até casa da avó. Que logo a sossegou. Que se acalmasse. Era tão simples. Ela não

tinha porco em casa? Então, era só matá-lo, cozer feijão e milho, refogar a carne do porco com muito alho, azeite e folha de louro, juntar batata doce, mandioca... ela também não sabia muito bem mas era assim mais coisa menos coisa.

"Eu *vai* ajudar minha neta... eu *vai*"

Maria Cambuta fez tudo o que a avó lhe ensinou. Numa ânsia, numa agonia, mas fez e de tal maneira ficou bom que Dédé comeu, saboreou, deu vivas à sua jovem mulher "uma boa cozinheira". E a alegria foi tal que mal o domingo chegou Dédé dançou *socopé* até ser manhã.

Os sorrisos e as alegrias iam de vento em popa na vida deste casal. As vizinhas que tinham conhecido Maria tão pequenina a chegar à roça nas costas da mãe davam os parabéns à família pela felicidade de ambos.

"Hoje para o jantar quero churrasco. À moda da terra!"

Agora já não era uma pergunta. Era uma ordem. Do homem a quem ela queria tanto. Mas por nada deste mundo ela o iria perder. Muito menos por causa de uma galinha. Repetiu a jura, que sim, que estaria pronta quando regressasse do mato. E tal como Dédé pedira, à hora prevista a galinha estava a fumegar da quentura do churrasco. Bem temperada, tenrinha, saborosa, cheia de gindungo como ele tanto gostava. Com fruta pão a acompanhar. Uma delícia que o seu estômago apreciou e o seu coração retribuiu no amor que deu a Maria. Que ficou descansada. Totalmente. No silêncio agradeceu a Deus a boa avó que lhe tinha dado e que mais uma vez a salvara da desgraça que poderia abater-

-se na sua casa. Lamentava ter matado a única galinha mas talvez a mãe lhe arranjasse outra!

Sucederam-se dias e noites de amor, de vida normal com partidas para o mato, para as plantações do cacau, para a safra, para a capinagem, e o tempo desdobrava--se também nas danças que o domingo lhes proporcionava. Como todo o africano a expressão corporal ajuda e sempre ajudou a exorcizar dramas diários que na nossa terra se chamaram contrato e contratado. Mas de repente o sonho transformou-se em pesadelo

"Maria Cambuta, *nha cretcheu*, sabe fazer coração de vaca estufado?... minha mãe sempre fazia..."

"Eu? Coração? De vaca?... estufado? Ah!... sim, sim..."

"Faz pr'a mim logo à noite quando eu chegar do trabalho da roça"

"Claro Dédé, claro... eu *faz*... eu... eu *faz*"

Maria Cambuta estava aterrada com o que acabava de ouvir. Como resolver se não tinha onde ir buscar coração de vaca...? Só na cidade e havia de ser muito caro!... Correu esbaforida a casa da avó. Chorava. Tremia. Queria até morrer.

"Credo minha neta, vamos resolver logo logo. Tem sorte mesmo..."

"Como avó? Sorte?!... Onde vou descobrir um coração?"

"Cambuta... você lembra Sô Limundo que vivia aqui na sanzala? Que ensinou você a dançar *socopé*?"

"Sim avó... lembra muito..."

"Pois é, ele faleceu ontem e vai ser enterrado hoje. Ouve bem o que eu digo a você..."

E Maria Cambuta ouviu horrorizada a sugestão que a avó lhe deu. Nem queria acreditar num conselho daqueles. E se não o fizesse?
"Já sabe que seu marido deixa você. Jurou que sabia cozinhar. Tudo!"
Foi um drama naquele morrer de dia ter que fazer o que a avó lhe ordenou. Mas o amor venceu. Quando Dédé chegou a casa, cansado da safra do cacau, o cheirinho do coração estufado com matabala e fruta pão no fogo invadia a casa até ao quintal. Na mão direita trazia já uma garrafa de vinho de palma fresquinho, acabado de comprar a Sum Mé Dóli e que iria regar aquele jantar esperado. Maria desculpou-se de dor de barriga para não comer. Então Dédé comeu pelos dois. E deu vivas à sua amada. E bebeu o seu vinho até cantar morna da sua ilha distante. Deitaram-se, ele feliz e ela triste. Mas o vinho foi tanto que Dédé nem deu por nada.
"Maria Cambuta... Maria Cambuta!"
A voz roufenha e cavernosa entrou no peito adentro de Maria Cambuta, apoderou-se dos seus ouvidos e fez com que mãos e pés tremessem mais que funge acabado de fazer. Quase incapaz de falar, clamou por seu homem
"Dédé! Dédé acorda! Está alguém na casa!"
Mas Dédé de tão feliz e empanturrado que estava com seu guisado bem preparado, seu vinho de palma bebido até ao fim, que se virou para o outro lado dormindo tão profundamente que mais parecia pedra de *ôbô*. De novo a voz surgiu mas agora mais forte, mais imperiosa, mais perto...

"Maria Cambuta! Maria Cambuta! Eu sou Sô Limundo... venho buscar o que você tirou de mim"
Não tinha mais dúvida nenhuma. Sô Limundo estava ali, talvez fantasma, talvez *devoto*, talvez mesmo em carne e osso a pedir, a exigir, a implorar. E Maria Cambuta teria que satisfazer o morto, pois que a um morto nada se recusa. E... desgraça das desgraças, Dédé continuava a dormir seu sono pesado e repassado de bons sonhos!
A partir de então a indiferença e a monotonia passaram a preencher os dias e as noites de Dédé e Maria Cambuta. Parecia ter caído uma névoa entre os dois que cada vez os afastava mais. Por vezes Dédé tentava uma carícia, um gesto mais ousado mas... nada. Maria estava como que fora do mundo. Nem sorria mais não.
"Maria Cambuta você ainda gosta de mim?" perguntou ele certa vez
"Sei não Dédé... sinto mais nada não..."
Os dias passaram, os meses, um ano e Maria Cambuta dizia já não gostar de ninguém, não sentir amor por ninguém. Dédé chamou a mãe, a avó, reuniram-se os amigos, os vizinhos, Dédé encomendou *d'jambi* mas nada...
"Então *eu vai* embora..." — disse resoluto
"Pode ir Dédé... sinto mais nada não"
"Nem seu coração bate mais por mim?"
"Não sinto mais ele bater não Dédé!"
Há quem diga que Maria Cambuta ainda hoje vagueia pelos cacauzais de Guadalupe e Fernão Dias à procura de um remédio que lhe devolva o coração e o amor que nele sentia.

E Dédé? Qual o seu fim nesta história? O mais simples possível. Voltou para Cabo Verde, para as suas ilhas da morabeza, onde passa seus dias a ensinar as crianças de S. Vicente a dança do *socopé*.

MEMÓRIAS DE SÔ PIMPA

Plemetxidu sá dadu!
O prometido é devido!

Chegou ao Príncipe alguns anos antes da independência, "ainda provei a dureza do contrato" diz hoje a sorrir, sessenta e quatro anos feitos o mês passado, duas mulheres, pois que "só uma é pouco e três é demais...", uma malandrice no olhar e uma destreza no revirar do *machim* para cortar ananás como se menino fosse ainda lá no seu Santiago distante.

Baixo, figura miudinha, homem seco de carnes mas ágil nos gestos e fluente nas palavras puras, escorreitas neste início do século 21 que, só em lugares irreais como este, se pode ainda encontrar quem tanto nos deslumbre!

Vive no Santo Cristo "sabe dona" — e tira o boné — "só Cristo me salvou e sem Ele não teria nada". Relata o episódio da chegada — pai, mãe, três meninas e ele rapaz, o único. Vieram no navio Ana Mafalda. Cheios de esperança na virgindade do cacau e do café "pai e mãe já partiram. Sou órfão. Tenho mulheres, doze filhos, uns no Príncipe, outros em S. Tomé, vê dona, casa cheia mas sou órfão. É triste muito triste mas Deus é que quer assim."

Vai falando remansadamente e procurando no meio da plantação um ou outro ananás que "agora não é tempo dele."

"Português é assim mesmo, dona desculpe, mas português chega aqui em qualquer altura do ano e quer ananás. Tudo tem sua época, né? Dona sabe!" Faz uma pausa e fica a respirar mais fundo como que a querer encontrar qualquer justificação no fundo da sua alma "ontem vieram aqui oito portugueses, vê dona, oito portugueses e eu disse a eles que ananás está verde verde mas mesmo assim eles levaram…"

Com o *machim* abre as longas carreiras onde se escondem os frutos preciosos… pode ser que… quem sabe? "eu vai ver se arranjo um para a dona… difícil, muito difícil… tudo verde e *eu não quer* enganar dona não!"

É claro que fiquei triste. Estava ali exatamente por esse vício que adquirimos na Europa. Em todos os locais de venda, há frutos em qualquer época do ano, mesmo os mais exóticos. Sabemos perfeitamente que quase todos eles amadurecem à força de muitos químicos, estufas... mas temos, ou antes, obrigaram-nos a tê-los sempre na mesa e nós aceitamos. E eu estava ali também para trazer um ananás fora da época, eu que sou da terra, farta de saber que agora não é tempo dele... que vergonha, vergonha mesmo!"

O campo de ananases fica numa encosta, uma clareira na densa e úmida floresta equatorial. O dia, encoberto de nuvens, vai escurecendo cada vez mais. Sô Pimpa fala e sorri. Volta a tirar o boné. Diz que são horas de dar graças a Deus, pois que apareceu um ananás! Pequenino, muito pequenino mas maduro, "doce doce doce... Este eu não vendo não, este eu dou e dona leva a seu filho... e volta em novembro viu?"

Dissipou-se a minha tristeza e prometi o regresso "verdade mesmo dona?"

"Verdade."

Desfia histórias do tempo em que era contratado. Das roças por onde andou, Paciência, Infante Dom Henrique, Água Izé..., do sofrimento, das humilhações. Hoje é melhor, diz, mas... coça a cabeça. Vejo que não quer falar. Põe o saco de sarapilheira ao ombro. Peço-lhe que termine a frase.

"Sabe, há muito roubo... *eu tem* meus frutos às vezes guardados para as encomendas. No dia em que vou apanhar não existe mais... roubaram"

Reconforto-o. O tempo há-de compor tudo, asseguro-lhe. Com a mão estendida mostra-me a dimensão da sua área de ananás ali no Santo Cristo. E tem mais ainda que não se avista dali mas da próxima vez, na época das chuvas, terei que ir visitar.

"Sim, novembro... dezembro... nessa altura dona vem buscar muito ananás bem doce, muito doce e grande grande grande! Não esquece não... dona prometeu, hein!"

Prometi sim e ainda bem. Não estava nos meus planos mas vir a esta ilha abençoada para saborear um fruto na sua época é tão irresistível como saborear um néctar dos deuses.

Diz que já se sente cansado. Pensa até em vender parte do terreno. Trabalha muito. Desde que o sol nasce até que desaparece.

"É que ananás precisa de muito cuidado senão morre cedo sem dar fruto". Apesar disso, Sô Pimpa rasga um sorriso quase angelical e diz com firmeza:

"Vontade de Deus dona, vontade de Deus!" Depois arremata com outro sorriso de vitória na língua da terra onde vive há mais de cinco décadas "n'gá pidji Dêsu pan vivê antê n'gá bilá vê!" (pedi a Deus para viver até à velhice!)

O dia escureceu já quando Sô Pimpa, num tom quase diplomático, dá ordens para dentro de casa "duas cadeiras e a minha pasta" e de imediato a ordem é cumprida.

No chão de um quintal impecavelmente bem varrido, como todos nesta ilha, monta-se a sala de visitas. Cafezeiros e pitangueiras carregados de frutos vermelhos e apetitosos servem nos de sobrecéu e penso que já sabem de cor o que ali se vai desenrolar. As crianças, bonitas e bem alimentadas, rodeiam nos. A mulher, mãe de seus dois últimos filhos, jovem e linda por demais, sorri apenas e é Sô Pimpa quem a apresenta. De Santo Antão, cabo-verdiana como ele. Branquinho, o motorista e guia que sempre me acompanha, faz-me notar que Sô Pimpa ocupar-nos-á o tempo todo "até de manhã se for preciso". Que bom! É de gente assim que eu gosto! De gente que ainda não conhece a palavra tempo. Ou se conhece não lhe dá importância nenhuma. E já é tão rara no mundo...

Com um sorriso quase infantil e um gesto requintado abre devagar o fecho da pasta como quem abre um tesouro sabendo de antemão as joias que lá estão guardadas. Um desfiar de recordações, fotos, muitas fotos

"Aqui com amigos de Portugal... aqui com as irmãs da caridade... esta com o senhor capitão das Forças Armadas... esta com o segurança do senhor Primeiro Ministro... aqui com os meus onze filhos, que o mais velho Deus já levou."

Há listas infindáveis de números de telefone de quem passa e com quem ele quer voltar a falar (aliás já me pediu o meu contacto). Mostra-me postais que vêm de Portugal, do Porto

"Querido Sô Pimpa, como vai o senhor e os seus onze filhos? Já temos saudades suas e dos seus bons ananases."

Este outro vem de Lisboa e tal como o anterior fala dos ananases, "os melhores que comemos em toda a nossa vida!"

Enche-se de orgulho e ainda quer continuar a desfiar memórias e homenagens mas a noite é implacável e as imagens das fotos e dos postais desaparecem sob os seus olhos ávidos de histórias.

Prometo voltar, aliás já tinha prometido. Por isso voltarei, pois quem promete tem que cumprir. Voltarei em novembro, na estação do calor e das chuvas! Sei que Sô Pimpa estará à minha espera.

PANTUFO

*Tlabê sa lensu. Nguê na male ni
kabêsa fa ka klaguê ni djibela*
A desgraça é um lenço. Quem não o
tiver na cabeça há-de tê-lo no bolso

Sempre gostei do bairro do Pantufo.
Um bairro virado ao Atlântico onde basta sair de casa para entrar de imediato num longo diálogo com conchas, areia fina cor de pérola, pedrinhas miúdas que em tempos de antanho o vulcão expeliu, canoas que vogam mar além e nos oferecem graciosamente o nosso querer desmesurado de evasão. Brincam despreocupadas as crianças que sempre nos acenam com

mãos e risinhos fugazes antes de mergulharem na calidez de águas translúcidas a borbulhar de peixinhos de cores exóticas. O bairro bordeja o mar como bordeja a ilha e torna-se tão apetecível viver ali que quase nos esquecemos que a dois passos se ergue o bulício da cidade-capital, uma outra realidade bem diferente e bem mais dura. Aqui no Pantufo, respira-se ainda o mito dos piratas que em tempos idos assolaram a ilha.

"Oh! Mes pantoufles! Oh! Mes pantoufles" — era assim o grito lancinante de Bernard Mercier, o pirata francês, capitão de navio, quando o foram buscar à cama para o arrastarem para a praia. E muita sorte teve ele, deixarem-no partir e pouparem-lhe a vida... Não levou as pantufas? Paciência... ficaram na casa que o abrigou a servirem de chacota na boca dos mais jovens até se perpetuarem no nome do bairro.

Mas o Pantufo está cheio de histórias. Engraçadas umas, quase dramáticas outras. Quase, pois não chegou a haver mortes mas poderia ter havido.

O velho Sousa Mendes, conhecido por Sô Mendes *dos gasolina*, colono com muitos sóis e muitas luas de S. Tomé, que é o mesmo que dizer rico e bem acostumado à terra, tinha, naquele tempo antigo em que só os paquetes levavam e traziam viajantes, o império *"dos gasolina"*. Aliás daí o seu cognome "Sô Mendes *dos gasolina"*

"Minino onde vai você?"

"No Mendes *dos gasolina"*

Era com estas pequenas embarcações movidas a motor que se fazia o transporte dos passageiros com destino às ilhas do cacau e nelas se metiam também os artesãos que se aventuravam a ir a bordo vender colares, pulseiras, brincos, tudo feito de tartaruga, que naquela época ainda não estava em vias de extinção. Os mais acautelados ficavam no cais que não era nem é ainda (e talvez nunca seja) acostável, donde tentavam ver ao longe as aflições das damas que soltavam gritinhos descabidos pensando que ao pôr o pé naquela casca de noz que era o gasolina logo ali serviriam de almoço ao terrível e mal afamado *gandu*. Mas não. Nunca houve nenhum acidente deste género, apenas sustos de vez em quando em épocas de calema ou de trovoada no mês de abril.

Os mais destemidos e também mais abastados, que iam com destino a Angola ou a Moçambique, saíam do paquete, alugavam um gasolina ao Mendes e davam a volta à ilha visitando roças, cascatas, praias virgens de areia clara e coqueirais sem fim. Mas tudo pago a preço de ouro. Por isso Sô Mendes encheu-se de dinheiro. Dinheiro, mulheres e filhos, que nesta terra o vício dos haréns ainda, mesmo hoje, está bem ativo. Mas além destes três vícios tinha um gosto mórbido e exótico, ter um gorila em casa. E entre muitos que teve houve um que fez história.

Tal como aos outros, mandou-o vir por um amigo português que vivia no Congo e a troco de alguns milhares de escudos, o grande símio passou rapidamente a fazer parte da família Mendes. Na sua grande casa colonial, toda pintada de verde a atestar a sua afeição pelo clube dos leões, tinha uma divisão destinada ao seu amigo predileto, como ele dizia. Só à noite o punha a dormir na jaula que mandara fazer de propósito.

"Mas Mendes tu não tens medo dele?" — perguntavam receosos os amigos

"Qual medo, qual carapuça!" — respondia com ar fanfarrão — "mandei-o vir com um mês e meio de vida... até come comigo à mesa!"

"Cuidado homem, que esse bicho vai fazer-se um monstro!" mas Mendes virava costas e seguia feliz, avenida abaixo, com a sua aquisição presa a uma forte corrente.

"Devia ter-te custado uma fortuna" — era Felismino Pereira, seu primo e cunhado, homem conhecido pela sua forretice que nem mulher queria para não gastar com ela! — "e ainda com o transporte no barco... imagino!"

"Que conversa homem! Dinheiro para mim não é problema!" arrematando depois com ar matreiro.

"Se eu fosse como tu!"

E a rir do primo que não achava graça nenhuma e augurava entre dentes "pois pois mas olha que esse bicho traz desgraça..." Mendes ia agora acompanhado da algazarra dos miúdos "Sô Mendes *dos gasolina* tem gorila na cozinha!... Sô Mendes *dos gasolina* tem gorila na cozinha!..."

Por vezes corria atrás deles e distribuía umas lambadas num ou noutro que não tinham tido o pé ligeiro para uma fuga mais rápida. Cansado, parava à porta do bar do Hipólito que vinha servir-lhe prontamente um bom copo de vinho tinto para retemperar forças e seguir até casa.

Como qualquer ser vivente, o gorila que Mendes apelidava carinhosamente de Nónó cresceu a olhos vistos fazendo muitas vezes panicar as senhoras que bem cedo se dirigiam ao mercado com as suas empregadas.

Nónó estava grande, ou melhor, enorme, imenso, largo, bem apossado de membros e de cabeça e quando se sentava à mesa no velho cadeirão que Mendes pusera ao seu lado, mais parecia um gigante da ilha da Páscoa! Temido pelo pessoal da casa, só Biluta, o cozinheiro, lhe fazia frente mostrando-lhe o facalhão enorme com que esventrava cabritos e porcos em dias de festa grande! Não se ficava sem resposta, pois, apesar do medo que o facalhão lhe produzia, Nónó ainda se dava ao prazer de lhe mostrar os dentes num arremedo de demonstração de força. Mas Biluta virava-lhe as costas resmungando no seu dialeto de terras de Moçambique "um dia vai dar tragédia esse aí... Biluta sabe sim."

Todos estavam proibidos de tocar no gorila ou de o ameaçar fosse com o que fosse. Nem mesmo Dona Gêni, esposa de Mendes, a quem Nónó lançava uns olhares esquisitos, lânguidos e duvidosos.

"Já reparaste como ele me olha?" — queixou-se um dia ao marido — "eu não gosto nada deste bicho! Tira-o daqui da mesa" — gritou.

"Tu és doida Maria Eugénia, és louca ou quê? O que vês nos olhos dele? Eu não vejo nada..."

"Mas eu vejo... desgraça! Grande desgraça!"

Outra vez a falarem-lhe em desgraça... não podia ser!

Então Mendes levantava-se da mesa vociferando contra a mulher, contra os filhos, contra os empregados que assistiam ao fundo da sala e nem ai diziam.

Submissa, Dona Gêni corria atrás do marido e pedia desculpa embora soubesse e afirmasse aos filhos que detestava aquele animal.

Mais tarde eram já os amigos a avisar Mendes quando se cruzavam com ele nas passeatas da marginal, ao fim de dia. Que tivesse cuidado com o bicho! Que consta que são iguais ao homem! Que quando lhes chega o cio então...

Mas Mendes fazia ouvidos de mercador e achava que tudo não passava de uma falácia movida pela inveja da sua compra exótica de colono abastado! E inveja nesta ilha é coisa que nunca faltou...

O bairro do Pantufo vivia quase em "suspense" pelo estranho hóspede que Mendes fazia questão de sentar à mesa, na grande sala de jantar, mesmo ao seu lado, no velho cadeirão de amoreira, legado de seu pai, também ele chegado às ilhas quarenta anos antes e que em falcatruas de roças e secadores lhe deixara fortuna imensa. Da Pedroma a Porto Alegre, de Dona Augusta a Monte Café, o velho Mendes fazia questão de dizer que nem a Cuf tinha tantos cacauzais como ele. Mas o filho nunca fora muito dado a negócios de terras. O seu sonho era o mar. Além disso havia sempre alguém a lembrar-lhe a forma sórdida e pouco honesta como as roças de seu pai foram aumentando e passando para seu nome. Então, aos poucos, após a morte do progenitor, Mendes foi vendendo, vendendo, comprando barcos, primeiro a remos, depois a motor, alugando a pescadores mas por fim ele próprio se aventurando a ir aos navios que ficavam ao largo! Descobrira finalmente a galinha dos ovos de ouro! E a juntar a tudo isto casou com Maria Eugénia Lima, filha única do abastado José Santos Lima, comerciante de tecidos e afins numa das ruas mais movimentadas da capital, ou seja, juntou-se a fome com a vontade de comer, o que também quer dizer dinheiro chama dinheiro. Num ápice comprou aquela velha casa no Pantufo que restaurou, alindou, pintou de verde, aumentou, encheu de boas mobílias e criados, jardim de plantas exuberantes onde agora uma jaula enorme, também pintada da cor da esperança, Nónó se entediava até o seu dono o levar a passear pela cidade para susto das damas e gáudio da pequenada.

"Sô Mendes *dos gasolina* tem gorila na cozinha!... Sô Mendes *dos gasolina* tem gorila na cozinha!..."

Ainda não imaginaram como acaba esta história?

Pois é... numa noite ao jantar Nónó estava muito inquieto. Até Mendes tivera dificuldade em segurá--lo na sua passeata pela marginal. Foram precisos dois valentes esticões na corrente e um grito fora do normal para o bicho se aquietar.

O jantar estava a ser servido mas o olhar pousado em Dona Gêni era realmente fora do normal. Dir-se--ia um olhar apaixonado. Como sempre, Mendes cortava a carne que seria servida à mulher e aos filhos. De repente Dona Gêni, sentada do outro lado da mesa em frente ao marido, deu um grito de horror. De um pulo Nónó saltou a mesa e com os seus membros possantes agarrou Dona Gêni que caiu desamparada sob o peso enorme do animal que dava guinchos de prazer. Todos fugiram aos gritos batendo com as portas. Parecia que um vendaval entrara naquela casa. Biluta acorreu com o facalhão mas o patrão gritou-lhe que não praticasse tal ato e que o ajudasse. Os dois tentaram arrancar o símio que continuava abraçado a Dona Gêni que entretanto desmaiara. Aos gritos do patrão todo o pessoal acorreu mas a força hercúlea do bicho resistia a tudo. Num rasgo de salvação final Mendes tirou o cinto das calças e começou a bater desalmadamente em Nónó até que, com a fivela do cinto, lhe rasgou a orelha direita. E foi, nesse momento, com a orelha a escorrer sangue que Nónó se levantou da posição incómoda em que se encontrava. Biluta pôs-lhe a corrente e meteu-o na jaula enquanto Mendes reanimava a esposa com algumas bofetadas e uns copos de água bem fria na cara até ela abrir os olhos e, aos gritos, ir a correr para o quarto seguida dos filhos e de duas empregadas.

Pálido, transtornado, irreconhecível, envolvido num silêncio onde só se ouvia um ou outro soluço, Mendes chamou todo o pessoal e ameaçou de morte

"Quem contar lá fora, seja a quem for, o que se passou aqui esta noite, eu mato-o a tiro, a ele e a toda a família! Ouviram bem? E se não for a tiro é com o facalhão do Biluta! Todos ouviram, ou não? Espero bem que sim, caso contrário desapareçam rapidamente do mundo dos vivos."

Redobraram os soluços com acenos de cabeça numa afirmação de obediência servil num misto de terror. E com o mesmo ar de transtornado, Mendes saiu da sala, meteu-se no jipe e dirigiu-se a casa de João Correia, enfermeiro há muitos anos no hospital do Rio do Ouro a quem implorou, pela alma dos pais, para ir tratar da orelha de Nónó. O sigilo de tão estranho curativo foi pago a peso de ouro.

Quando passo no Pantufo não só me lembro do pirata francês "Oh! Mes pantoufles!... oh! Mes pantoufles!..." mas também imagino, ao ver a casa esverdeada de Sô Mendes *dos gasolina,* que lá dentro, sentado num velho cadeirão, ainda está Nónó, o gorila que um dia se apaixonou pela esposa do seu melhor amigo.

DIVINA, A MENINA DA *AÇUCRINHA*

Jita koyidu na ká gôdô fá
Cobra enrolada não engorda

Conhecemo-nos há muitos anos. Mais de quinze. Ela magrinha, pequenina, franzina, olhos vivos, gaiatos e no rosto aquele sorriso tão peculiar das nossas crianças. Trazia na cabeça uma caixa de plástico retangular, de um branco transparente. Sentava-se no degrau da Padaria Miguel Bernardo e sorrindo sempre abria a caixa de onde ia tirando pratos cheios de açucarinha.
"É minha avó que faz... compra tia, compra! É barato tia..."
Foi assim o nosso primeiro encontro. Com sorrisos, alegria e a gratidão da compra. Num gesto mágico

estendeu-me a mão pequenina como ela e disse-me quase em segredo qualquer coisa que não percebi muito bem. Então ela repetiu pausadamente mas já em tom de ordem "tia pode dar-me um livro?! Tia escreve, tia dá!"

Achei graça. Fiquei perplexa. Aquela criança tão magrinha, tão franzina, que depois da escola vinha de S. Marçal a pé para a cidade para ajudar a avó estava ali a pedir-me um livro. A pedir, não, a implorar. Agitava-se toda, dava saltinhos qual *suim-suim* a debicar uma flor, e depois arrematava numa graça "gosto muito de ler... muito!" Assim a nossa amizade nasceu num perfeito estado de irmandade cultural. Tinha ali na minha frente uma leitora com dez anos. Era a minha segunda alegria com crianças que dão tudo para se deliciarem com as páginas dos livros que vamos escrevendo para elas. A primeira foi no Príncipe em julho de noventa e três. Também ela uma menina. Eu estava na capital, Santo António, onde iria apresentar o meu primeiro romance e meu terceiro livro a ser editado. Como toda a gente nas ilhas, às seis da manhã já me passeava na marginal sob uma brisa apetecível que vinha das margens do rio Papagaio e deixava aquele ar doce do tempo da *gravana*. De repente, apercebi-me que uma criança me seguia, alguns passos atrás. Vestidinho branco com folhinhos cheios de renda, sandália de tiras e a cabeça cheia de trancinhas pequeninas que lhe davam um ar angelical num rosto que mais parecia uma pintura. Parava quando eu parava e quando nos olhávamos sorria. Sempre sorria. Resolvi perguntar-lhe se me queria dizer alguma coisa. E a resposta não se fez esperar "é que eu sei que a senhora vai dar livros mas só quem tiver muita sorte é que apanha um. E vai vir gente importante que minha mãe disse." Diferente de Divina, mas com a mesma avidez de ter um livro nas mãos. E teve. No final da apresentação da obra e perante as mais altas individualidades do país, naquela grande sala da então Casa do Sporting, pedi licença e chamei aquela menina em primeiro lugar. Após um leve burburinho fez-se silêncio depois de ter contado o sucedido da manhã. A menina levantou-se. Quase a medo. Disse-me o nome. Baixinho, muito baixinho. Pus-lhe a dedicatória e ela apertou o livro contra o peito no meio de uma grande salva de palmas. Que não foi para mim mas para ela.

"Vou lê-lo todo" disse-me à saída com um sorriso de vitória. Como se tivesse recebido um tesouro.

Todos os dias Divina estava à minha espera à porta da padaria. Como quem espera um presente do Céu. Eu comprava a açucarinha e vinha a pergunta esperada, "e o livro tia traz? Tia tem *Pingo de chuva* que eu sei!". Depois Divina ia-me contando que vivia com a avó em S. Marçal, que a mãe tinha ido para Luanda, que gostava muito da escola, que queria estudar muito, muito... Por isso ajudava a avó. Para continuar a escola. A escola e o Liceu — garantiu num sorriso.

Que estudasse sempre e muito — pedi-lhe — só com estudos seria uma grande mulher.

No dia em que lhe ofereci *Pingos de chuva*, saltou de alegria, mostrou-o aos amiguinhos da *açucrinha*, cantou, rodopiou...

No ano seguinte já não a encontrei. Perguntei por ela. Os meninos da açucarinha nada me souberam dizer. Fui a S. Marçal. Pouco ou nada consegui de verídico. Uns diziam que ela e a avó tinham ido viver para o Cruzeiro, outros que foram para Santa Margarida para casa de uma tia. Perdi-lhe o rasto e fiquei triste.

Ontem viajei para o Príncipe. Livros e mais livros na bagagem. Como sempre cheguei cedo ao aeroporto. É um vício que me deleita ver quem chega e ver quem parte. Talvez seja herança no sangue daquele gosto antigo do "Dia de São Navio" que se transformou em "Dia de Santo Avião" em que toda a gente ia e vai ainda pendurar-se na rede mesmo que não espere ninguém.

A fila para o *check-in* era enorme. Dá gosto ver nacionais e estrangeiros a viajar, uns a procurar lá fora o paraíso que têm aqui mas que, infelizmente, não sabem, outros que o vieram aqui procurar e partem deslumbrados por o terem encontrado.

Um grupo de polícias vigia e dá esclarecimentos. Todos jovens, elegantes, fardas azuis, botas pretas... quando passo uma jovem polícia fala em surdina com os colegas que me olham e me cumprimentam. Correspondo e a jovem dirige-se a mim com um sorriso rasgado como quem encontra um parente há muito procurado. Há na realidade uma alegria indizível no seu rosto que eu não percebo bem mas quando me diz numa euforia

"Tia vê... estudei muito muito como tia dizia, fiz 12º ano e entrei para a Polícia... Trabalho aqui no aeroporto!"

Fiquei perplexa, abri-lhe os braços e os nossos olhos encheram-se de lágrimas. Era ela, Divina, a menina da *açucrinha*, a menina que eu perdera de vista e agora reencontrava. Por um acaso do destino. Contou-me que se mudou com a avó para a Madalena mas voltou a São Marçal para acabar os estudos no Liceu. Trabalhou muito, estudou até de noite, vendeu doce, fruta, fez muito sacrifício mas conseguiu.

"Trabalhei muito tia... muito! Foi *dimais*!"

Ainda vive em São Marçal, disse-me, e é mãe de um rapazinho. E guarda religiosamente o livro *Pingos de chuva*.

"Está lá tia... no armário do meu quarto! Quando me apetece ler vou buscá-lo e fico a saber nossa História!"

Antes de entrar na sala de embarque trocamos contactos, trocamos abraços, promessas de mais reencontros. Mas que serão regados com vinho de palma e sumos da terra... só da terra! Em troca prometi-lhe todos os meus livros! Mais beijos, mais abraços, mais sorrisos...

Tal como a menina do Príncipe que hoje, mulher feita, é figura de destaque no mundo da Literatura e no mundo da moda, também Divina preencheu o meu orgulho de ir espalhando amor e tecendo laços de cultura pelos caminhos insulares da minha vida dupla.

VINTE

Anka glandji kóbo glandji, anka txoko kobo txoko
　　Caranguejo grande, buraco grande;
　　caranguejo pequeno, buraco pequeno

　Afogueada, cheia de mesuras, afirmando-se uma senhora branca da mais alta estirpe portuguesa, vinda de Cabrais, Amarais e outros que tais, pavoneava-se pela cidade no jipe mais moderno que S. Tomé importara naquele ano de sessenta e quatro. Sempre vestida a rigor da última moda lisboeta, cheia de servidores idos de vários países:
　"Ai minha querida amiga para o galinheiro são bons os moçambicanos."

"Então não sabe Genoveva que os cabo-verdianos são bons para a safra do cacau?"

"Não Dona Josefa, na cozinha só quero angolanos! São os melhores cozinheiros do mundo."

Na realidade abriam-se os olhos dos convivas nos almoços de domingo na Roça Novo Brasil. Exalavam os mais saborosos vapores do exotismo que Vinte punha nas comidas e enviava para a mesa da grande sala de jantar fazendo de súbito longos "oh... oh..." de admiração e até de uma pontinha de inveja.

Inveja pois... onde fora Dona Márcia Amaral descobrir tal cozinheiro? Onde teria ele descoberto tais sabores?!

"Sabores e segredos" corrigia a anfitriã, "já viram como ele apresenta a galinha na mesa? Sem ossos e... de pé!"

Eram na realidade uma orgia de paladares, descobertas e disse-que-disse aquelas reuniões de comida, bebida, doçaria! E tudo se devia a Vinte, que nunca ninguém vira mas que sabiam estar na cozinha da casa da roça Novo Brasil.

"Só tem um defeito..."

Ficavam todos à espera da continuação da frase que demorava em acabar. Primeiro limpava-se muito bem Dona Márcia ao guardanapo azul claro que era a cor dos guardanapos das senhoras, depois olhava os convivas, o marido, fazia sinal de silêncio às crianças que corriam na varanda que contornava a casa e finalmente acrescentava

"é muito autoritário..."

O silêncio tomava ainda mais força quando se ouvia a conclusão.

"Às vezes até tenho medo dele..."

Logo era sossegada por todos, que não, que não pensasse em tal coisa, os angolanos eram bons trabalhadores e pacíficos, nunca tinha havido desacatos com eles em roça alguma, se fosse com cabo-verdianos não poriam as mãos no fogo, agora com Vinte, podia dormir descansada.

"Bem quando não quer cozinhar e eu o obrigo começa logo a afiar a faca na pedra da banca da cozinha e eu... calo-me e não lhe digo mais nada!"

Era a vez do marido intervir entre duas fumaças de um charuto cubano que também ia oferecendo aos amigos.

"A minha mulher até já aprendeu a falar como ele..."

Risada geral. Como podia ser uma coisa dessas? Uma senhora branca a aprender a falar com o cozinheiro, um contratado de Angola?

"Eu explico, eu explico."

Dona Márcia gostava de ser a estrela dos domingos em que a roça se enchia de palavras portuguesas, saborosas palavras levadas para paragens tão longínquas como aquela em que se encontrava. Os dias de semana achava-os monótonos, cortados apenas esporadicamente pelas poucas idas à cidade, pois nem sempre o marido lhe dispensava o condutor. Mas desde a chegada de Vinte tudo se modificou. Com a descoberta de tão afrodisíacos paladares, aproximou-se mais do pessoal da cozinha ou com ela relacionada. Não só de Vinte mas de Nugunga, o pequeno Nugunga que servia as travessas à mesa, de Apolónia que punha e dispunha a louça e a escolhia com requinte horas antes do almoço, de Zifrânio que contava mais de dez vezes as galinhas ao entardecer antes de as recolher no longo casebre ao lado da palhota que habitava, de Zulmirinha, a cabo-verdiana encarregada de lavar e passar a ferro as toalhas de linho de uma brancura virginal que Apolónia estendia na mesa grande... Mas por quem nutria uma simpatia especial era mesmo por Vinte... Como e onde aprendera ele tanta delícia gastronômica?

"Nampula em casa de Sô Mindó!" respondeu sem olhar para a patroa.

"E quem era Sô Mindó?" mas Vinte nem disse mais palavra. Continuou a fazer o pudim destinado para a sobremesa daquele dia. Ali na frente da patroa Vinte bateu as gemas, juntou o açúcar, andou de um lado para o outro, pediu canela a Tibéria, velha moçambicana que fora cozinheira antes dele mas que agora, alquebrada como estava, apenas fazia só umas coisinhas... e as coisinhas resumiam-se em ir ao quintal buscar umas ervas de cheiro, umas folhinhas de *mikókó* que o havia em quantidade, uns frutos que Vinte pedia para acompanhar ou perfumar os pratos escolhidos. Naquela manhã Dona Márcia estava feliz. Finalmente ia aprender o segredo do tão célebre pudim mágico como Vinte chamava. Mágico, não, ele dizia *magicó* e aquela acentuação na última vogal dava-lhe uma graça que Dona Márcia gostava de repetir. Por isso ia dizendo aos amigos que já falava como o seu cozinheiro. Afinal era muito fácil, muito fácil. Tudo se resumia a uma acentuação no ó final...

Vinte foi misturando e batendo e batendo e misturando. Tudo muito devagar como quem não queria mesmo fazer o que estava a fazer.

"agora sinhora tá *feitó*... vai no *fônó*"

Ela percebeu, agora já estava feito, era só meter no forno a forma com o pudim. Deixou a cozinha. Mas já nas escadas de acesso ao primeiro andar ouviu um barulho, uma discussão. Voltou à cozinha e reparou que Vinte tinha deitado aquela mistura na pia e fazia um novo pudim sob os ralhos de Tibéria. Então percebeu que Vinte tinha mesmo segredos invioláveis e não estava disposto a partilhá-los.

Logo numa das primeiras refeições de um célebre domingo de Páscoa, o primeiro que passou na roça, Dona Márcia devia ter-se apercebido que Vinte não era um cozinheiro qualquer. Aliás ele frisara isso ao patrão

"Eu faz tudo na cozinha. Mas eu faz só comida muito boa, boa sóó."

Tinham-lhe dito para fazer frango de churrasco com muito gindungo para aquele domingo de Páscoa. Na ideia de Vinte aquilo não era comida que se apresentasse em nome de um cozinheiro como ele. Que não, que a senhora mandasse fazer outra coisa. E Apolónia andou feita uma barata tonta entre a salinha de estar e a cozinha, recado de Vinte, ordem de senhora e outro recado de Vinte e outra ordem de senhora:

"Contratado é para ouvir, servir e cumprir."

"Aió... aió..." foi a resposta seca que Apolónia ouviu e transmitiu. Sossegou-se Dona Márcia e alegrou-se ao ouvir no caminho que levava ao chalet de Monte Brasil o apito roufenho dos jipes que ela sabia traziam não só a alegria dos amigos mas também as fofoquices da cidade. É normal e aceitável, pois um casal sem filhos e cheio de dinheiro é sempre uma solidão.

"Sabe Dona Márcia o dono da farmácia Abreu, o Abreu velho anda com a costureira da mulher do senhor Governador..."

"Ah! Mas isso não é nada! O Custódio Amorim tem uma amante preta no Ubabudo Praia... e dizem que a enche de joias... joias caras."

"E o Ribeiro da Boa Entrada? Fez casa na cidade para outra amante... que já tem um filho dele..."

"Deus queira que meu marido nunca se meta nessas aventuras..."

"Que me dizem do preço do cacau? Voltou a descer!...Nem dá para irmos de férias à Metrópole!"

Era uma delícia aquela entrada do almoço, sim, aquelas notícias é que eram a alma da entrada do almoço, todo o resto vinha por acréscimo. Aquele almoço de Páscoa já lhes estava a saber bem pelas delícias que Vinte apresentaria.

Brindou-se com vinho do Porto e biscoitos de Armamar que a esposa do Pereira da Milagrosa se tinha comprometido a levar. Já sentados esperavam as mais ousadas iguarias. Para gáudio dos que iam enganando o tempo com maledicências de amigos e ausentes, apareceu, mesmo sem ser convidado, o João Mendes de Ribeira Peixe com uma barrica de enguias da Murtosa. Fora o Afonsinho de Aveiro que chegara há dias e lha trouxera.

"E eu preciso de ser convidado? Quem é que não gosta deste pitéu?"

"O meu marido disse logo que íamos trazer as enguias para surpresa de todos"

Mas o tempo ia passando e nada de chegar o almoço. Apolónia pôs mais pratos, talheres e copos para os recém chegados.

Finalmente ouviram-se os passos pequenos de Nugunga e o silêncio começou a reinar com um brilhozinho nos olhos de todos. O miúdo entrou trazendo uma travessa enorme em cada mão. Dentro delas um garfo e uma faca de trinchar. O miúdo estava com ar assustado como quem tinha sido ameaçado. As travessas estavam vazias. Sob o olhar devastador de Dona Márcia, Nugunga esclareceu:

"*Sinhora*, tem jantar não. Vinte manda dizer que está doente!"

Conteve-se de raiva. O marido pediu calma. Tudo se havia de resolver. E foi com o pedido do patrão e a paciência dos amigos que ficaram três horas à espera, que o almoço da Páscoa acabou por aparecer finalmente na mesa enfeitado com algumas rosas de madeira, tão belas, tão exóticas, tão difíceis de encontrar. Até nisso Vinte era diferente. Todos os pratos vinham enfeitados com flores. Um hibisco em cima de um bolo de coco, uns quantos grãos de café em volta de um pudim de café, uma flor azul de *m'piam solano* espalhada pelas taças de um arroz doce da Índia. Por todos estes motivos nem pensar em castigar ou mandar embora um cozinheiro daqueles que até ajudava a espalhar a fama de Novo Brasil.

Dona Márcia sabia agora que não poderia mais brincar com ele. E como diz o velho ditado: "quando não puderes vencer o teu inimigo junta-te a ele", assim pensara e bem em aprender a falar à moda de Vinte. E era com uma certa graciosidade, diga-se, que ia à cozinha falar com a acentuação no ó final de cada palavra. Por vezes Vinte sorria, outras ficava calado e tão sorumbático que até parecia remoer uma vingança antiga.

"E se ele leva a mal Dona Márcia? A senhora já viu o que pode acontecer..."

"Ele é muito educado... que ideia, Genoveva!"

"Pois eu acho, Dona Márcia, e desculpe o que lhe digo, que a senhora faz mal. Cada um no seu lugar, o grande no lugar grande, o pequeno no lugar pequeno."

"Eu não penso assim... ele nunca me faltará ao respeito! Ele sabe que eu sou a patroa."

Foi num dia de muita chuva, que se estava na estação dela, em dezembro mas em que o calor também abrasa e assim o almoço se fez com todas as janelas abertas e a ventoinha do teto ligada. Vinte fizera, como sempre, um almoço maravilhoso, cabrito assado com batata inglesa, enfeitado com rosas de porcelana, galinha de cabidela com muita folha de *mussua* e de sobremesa doces em tacinhas que ele chamava "docinho 'ngola" mas se recusava a dizer como era feito. O sol apareceu quase por fim de dia em que os amigos, antes da partida, se deliciaram na varanda com um vinho do Porto e as senhoras com um chá de folha de goiaba. A penumbra caía lenta e silenciosa e os últimos vultos desapareciam do terreiro. No quintal Dona Márcia apercebeu o vulto de Vinte. Que estaria ele a fazer no quintal aquela hora?

Nas cadeiras de bambu as conversas ainda se prolongaram por mais uns quantos minutos em que parecia ninguém querer partir. De repente Dona Márcia fez sinal de silêncio. Ela ouvia um barulhinho ligeiro no quintal. Um som indefinido, talvez chuva... talvez. Resolveu-se a inquirir,

"Vinte, está chuvó?"

Silêncio na voz de Vinte. Apenas o tal barulhinho que parecia chuva.

"Vinte! Está chuvó?" perguntou com uma certa autoridade E a resposta veio na mesma moeda

"*Nó*!... fui eu que *mijó* na folha do *mikókó*... e depois *pingó*"

A risada entre os amigos foi de tal ordem que desde esse fim de dia nunca mais Dona Márcia tentou falar à moda de Vinte.

LEVE, LEVE

Ua gôstô, pasá Kwatlu vinté
Um gosto vale mais que dinheiro

"Leve, leve"... é esta a mais bela frase da nossa língua "santomé" nascida e cruzada com aromas de rosmaninho, pinheiro bravo e sons estridentes que nossos outros antepassados trouxeram do umbigo da terra-mãe, nossa ancestral *mater*. Uma graciosidade, um roçar de ave do paraíso, uma resposta sempre digna para quem sofreu nas garras de imensos abutres que foram palmilhando e surripiando o húmus fértil da ilha, uma frase de alento, de confiança, de sorriso sempre pronto ao canto da boca...

Leve, leve foi a frase que nos projetou no dicionário da vida temperada de riso e mágoa, maresia e vento sul, bocejos em tardes quentes, barulhinhos ligeiros na pronúncia vinda do mais profundo sentimento de nossos avós... Infelizmente algumas pessoas mal formadas e também certos jornalistas estrangeiros começaram a deturpar e a dar sentido pejorativo a uma frase nascida de um sopro de vento!

"Visitei em julho passado o país do leve, leve..." arvorava um desses senhores dos jornais na capa de uma revista portuguesa, dessas tipo cor-de-rosa compradas e lidas pelas titis da linha de Sintra e de Cascais e arengava depois que na realidade o povo é indolente, tudo anda ao ritmo "do leve leve" e por isso é que nada produz, nada avança, enfim, eram tantos os impropérios com aquela contração da preposição com o artigo "do leve leve" que a revista foi devolvida a quem ma emprestou não sem antes ter enviado, através do endereço da mesma, algumas linhas bem amargas ao referido homúnculo que assinava o infeliz artigo. O certo é que de frase graciosa e esperançosa se nota nos tempos que correm uma desatualização que até a própria juventude parece querer abraçar.

Lembro-me com ternura de minha mãe estar sentada no banco da cozinha em Batepá a preparar as refeições sobretudo o pequeno almoço e, entre gargalhadas sonoras, fazer uma cantilena amorosa com as vizinhas que iam passando no caminho com destino a Monte Café, Margão, Molembu, Albertina. E aquele som da resposta final que era sempre o "leve, leveeeee...." ficava suspenso no ar morno da manhã como uma bênção divina. Mesmo que a vida corresse mal, que as galinhas tivessem sido roubadas, que o cacau ainda não tivesse sido pago, que os filhos estivessem longe, havia uma luz na alma daquela gente pura que habitava o coração da ilha

Bom d'jáô San Luxindaê! Ki novasaôd'jê?
Leve, leve sô...ê
Bom d'jauô San Bibiê! Ki nova saôd'jê?
Leve, leve sô...ê

e todo o sentimento era leve leve numa sincronia de palavras e de sons que se dispersavam na estrada barrenta até ficarem impercetíveis na copa das fruteiras esperando pelo dia seguinte em que voltavam a ter vida na ladainha matinal entre a cozinha e o caminho das roças. Aquilo que saía das bocas vinha do coração, era sentido com amor e com alento. Por isso o livro de poemas que apresentei ao público em noventa e três tinha por título "Leve, leve" e lá dentro a complementar a vida do nosso povo se podia (e pode) ler:

leve... leve
vai meu povo da cidade a Budo-Budo,
Água Arroz, vender gandu
passos incertos, doces, compassados
presos a raízes distantes de uma História
que fervilha nas veias dos que esperam
calmamente
docemente
a transição da noite-dia
[...]
leve, leve
se contorna a fantasia

de riso aberto que se ouve na enseada da bruma aconchegada aos pés do rio

Mas apesar de se estar a perder o verdadeiro "leve leve" há ocorrências que nos remetem para ele, para a nossa quietude de ilhéus, estigma abençoado que nem todos compreendem ou não querem compreender.
Passou-se um episódio engraçado, aliás, vários, que vale a pena contar. Convidei um amigo português, dos tempos de escola, médico cardiologista num hospital de Coimbra, a vir passar uns dias à nossa abençoada terra. Sempre que posso o faço, pois penso ser um contributo de amor à terra mostrar aos outros aquilo que temos cá dentro.
Após alguns meses a tentar convencê-lo, lá se resolveu a fazer as malas e vir conhecer a tal ilha onde tudo era "leve, leve", segundo ele dizia pois que assim o tinha ouvido de uns amigos que aqui tinham passado algumas semanas.
"E parece que até nem gostaram muito."
Gente esquisita é assim. O certo é que o meu amigo, após algumas peripécias engraçadas, começou a gostar da ilha, a inteirar-se de tudo quanto dizia respeito ao país, a misturar-se com as gentes da terra, a sentir os mesmos cheiros, os mesmos paladares, o mesmo ritmo e passados alguns dias já exclamava:
"Afinal eles é que estão certos... aqui não há *stress*! Que maravilha!" — repetia — "que maravilha!"
Depressa se foi acostumando ao tal "leve... leve", à quentura das águas do mar, aos risos perenes das

crianças, aos sabores e aos cheiros adocicados dos frutos maduros, aos acenos das jovens mais atrevidas...
　Foi passar uns dias a Batepá. Palmilhou comigo roças vizinhas, fez piquenique no mato, apanhou camarão no rio.
　"O quê? Vocês têm camarão no rio?",
　Comeu banana assada no fogo com peixe salgado... provou *blá blá, djógó, kalulu*...
　"Um manjar dos deuses!".
　Adorou quando numa noite a luz faltou por causa daqueles cortes a que a Emae já habituou os santomenses. Sem problemas deitou-se mais cedo e a luz da vela que meu irmão lhe emprestou fê-lo rir tanto que nos agradeceu aquele momento de reinfância perdida numa aldeia do interior da Beira Alta onde, segundo ele, passou os melhores momentos da sua juventude.
　Mas o episódio mais engraçado foi na marginal da cidade. Um episódio que lhe marcou para sempre o amor e o gosto por este paraíso a que falta apenas um farol que leve o povo a porto seguro. Quanto ao resto temos cá tudo e não sabemos.
　Combinámos o encontro no café Passante, no Miramar, o café onde os portugueses gostam de se encontrar, ainda não percebi bem porquê. Como boa cicerone amante do meu país, fizemos um pequeno passeio à beira da marginal, um lugar mítico onde a linha do horizonte nos entra nos sonhos. Como se o azul do mar fosse um ponto cardeal à nossa espera!
　Resolvemos descansar um pouco num dos bancos ao mesmo tempo que lhe fui contando que eram muito antigos, pois tenho fotos do meu pai sentado exata-

mente ali corria o ano de 1958. Falámos dos caroceiros, belas árvores vindas da Índia em séculos passados e que mitigam a gula das crianças, do Clube Náutico que nunca mais volta a ter a cara lavada de outros tempos... Estávamos numa amena cavaqueira quando aparecem dois jovens vindos dos lados das Finanças, em passo de passeio, ar jovial de dia de descanso embora fosse quinta-feira.

"Vê lá tu..." — dizia o mais novo — "estive três meses à espera que as Finanças me dessem este papel..."

E, enquanto o jovem se lamentava para o amigo, veio uma rajada de vento tão forte que lhe tirou o papel das mãos e o atirou para a areia fina da praia arrastando-o logo de seguida para o mar. Vi que os olhos do meu amigo se agitaram, as feições do rosto se crisparam como que a querer dizer qualquer coisa. Talvez uma ajuda, correr para o areal na tentativa de trazer o papel... quem sabe? Mas qual não foi o nosso espanto, o meu e o dele, ao ver que os dois jovens continuaram o seu passeio com toda a tranquilidade deste mundo comentando apenas:

"Vê lá tu..." — voltou a dizer o mais novo — "agora tenho que ficar mais três meses à espera de outro papel..."

O meu amigo cardiologista vem agora todos os anos passar férias a S. Tomé! Diz ele que vem por gosto e até conta aos seus doentes, lá em Coimbra, que há uma ilha, no meio do mundo, onde ninguém deve sofrer do coração!

A TRISTEZA DE KONÓBIA

Mwalá glávi sá mó d'ôkô, ku tê onó
Cuidado com mulher bonita

Na ponta sul da ilha, onde tudo é exuberante de verde e quente, tão verde e tão quente que a floresta se exibe todo o ano com a mesma roupagem, onde tudo é mais puro e mais real, aí nas margens de Malanza, o rio mais indesvendável de toda a hidrografia insular, que de rio se faz lagoa e de lagoa se faz oceano, tinha Konóbia sua casita de madeira, velha e zincada, sua herança única de avô Messiano, velho pescador que, em noite de tragédia em que o rio transbordou na alma dos bambus e se enlaçou no mar, perdeu seu único filho Danilo Sungo e com ele se afundou também a mãe de sua neta, a bela Ilácia. Assim Konóbia ficou sem os dois esteios de quem a pôs no mundo.

Konóbia foi crescendo como *mina kiá* em casa de Angelino, seu padrinho, que pedira ajuda a Sam Jóia, sua irmã viúva de três maridos, que nenhum sobreviveu aos longos braços do rio. E com muitas mimosices os dois lhe foram mitigando a ausência de irmãos e irmãs numa terra onde criança é mais que *safu* maduro em época de calor e de chuva. Então Konóbia se habituou a ir sozinha por esses matos fora colhendo morango silvestre, mamão, pitanga, grumixama, pescando com o avô balouçando a rede na amurada da canoa, fugindo do *gandu* se os dois ficassem se olhando nas águas azuis da cor do céu... e foi assim que aprendeu a conhecer o ardil da cobra preta tão astuta como ela, o zumbido da mosca tambor no tempo úmido e quente do sul, a encontrar o esconderijo da lagaia mas aprendeu também as artes mágicas da noite

"Para se defender dos *m'bilás* e dos que nascem com inveja no coração."

Era assim que Sam Jóia se justificava perante o irmão quando este lhe perguntava a utilidade de tanta reza, tanto gesto de mão e de braço, tanto cântico no final como se de festa grande se tratasse. Saberes mágicos que ele também sabia pois os ouvira a Sum Flidando homem dado a artes da noite. Mas Messiano nunca praticou tais saberes mas os ensinou sem receio a Sam Jóia, sua irmã, umas quantas luas mais nova que ele. E assim ficou ela dona e senhora de poderes tão grandes que sua porta quase nunca se fechava: eram os que estavam em idade de *flimar* e queriam amarrar seus pares, eram os que queriam limpeza de corpo, que corpo de vez em quando, tal como carro, precisa ser limpo e revisto, limpo de inveja, de ódio, de mau olhado...

Ao longo de meses e anos todos aqueles saberes ancestrais foram transmitidos a Konóbia que os foi guardando no seu coração como tesouro vindo de longes terras e enterrado nas areias do deserto que ela nunca vira mas imaginava. E enquanto Sam Jóia, a quem a jovem passou a chamar avó, ia sorrindo e dando esperança aos amigos e vizinhos que a procuravam, Konóbia ficava de olho bem aberto, sustendo a respiração naquele alguidar cheio de ingredientes estranhos, tanta folha misturada com raízes, rezas, palavras saídas da boca já em êxtase, palavras aprendidas não só com sua avó mas também com sua vizinha Ladina, mulher de muitos homens que a todos e a nenhum se prendeu mas que a todos enfeitiçou de tal forma que eles se lhe rendiam de amores até à morte. Que isto de se viver de magia já vem da noite dos tempos e na ilha do chocolate tudo se ganha e tudo se perde em casa de quem nos pode ajudar com tais ancestrais sabedorias.

"Você escuta bem, minha filha!" — avisava em surdina Sam Jóia — "este feitiço é pra arranjar amigo mas este aqui já é para amarrar para o resto da vida e este aqui, você não sabe não? Este é para ser sempre bela..."

Foi um deslumbramento aquela revelação, como era possível ser sempre bela? Todos sabemos que o tempo não perdoa e ele mesmo se encarrega de ir enchendo o rosto de rugas, os ossos de dores, a memória de falhas enormes, os músculos de retrações, como se pode então ser sempre bela?

"Feitiço é feitiço, Konóbia, e você é tão bonita que eu lhe vou dar o segredo da eterna juventude."

Nem dormiu nem deixou que ninguém dormisse naquela noite. Ouviu Sam Jóia com mais atenção que o habitual, com ela repetiu as rezas, os *mindjans*, com ela ergueu as mãos ao céu cravejado de estrelas, e com ela fez a jura de nunca revelar o segredo. Podia morrer em paz Sam Jóia e foi isso que aconteceu. Já Konóbia *flimava* com Cauê o mais belo jovem de toda a zona sul da ilha mais deslumbrante do mundo. Herdeiro de uma família de glebas onde o cacau era rei e senhor se apaixonou por Konóbia mal a viu no fundão de Praia Grande. Pois ela era tão bonita!

Cauê prometeu fazer dela uma princesa, quase uma rainha, enchê-la de roupas caras, de anéis e pulseiras, de fios e brincos. E a jovem cada vez mais se prendia àquele amor de juventude que, pensava, nunca iria morrer. Mas não foi isso que aconteceu. A família o repreendeu, o proibiu de voltar a falar a uma jovem que nada tinha a não ser a herança de uma tia-avó que todos sabiam trabalhar com artes do oculto.

"Não deixo Konóbia, não! Nunca vi mulher mais linda! Não deixo ela, não! Prefiro morrer!" dizia em tom de ameaça quando a família reunida lhe impunha as regras que ele devia seguir.

Passaram a encontrar-se de noite, às escondidas no *obô* e quando todos dormiam iam para as margens do rio Malanza onde se banhavam, se enlaçavam e se amavam até ser quase manhã.

Mas a vida nem sempre é felicidade. Um dia Cauê foi encontrado morto no rio, o mesmo rio que tinha levado Ilácia e Danilo, os pais de Konóbia. Foi um alvoroço, um burburinho que percorreu todas as casas e todas as famílias. Choros e gritos.

Nunca se soube se Cauê morreu de alguma doença repentina ou se foi morto por algum rival. O que se soube e se sabe até hoje é que Konóbia, a Konóbia da nossa história, nunca mais foi vista em parte alguma da ilha. Ainda se procurou por ela durante meses, anos... mas quando nas margens de Malanza se viu aquele passarinho tão belo tomar banho e fazer seu ninho de amor, logo as pessoas o nomearam de Konóbia. Por isso, apesar de ser uma ave sempre bela, todos a temem pela fama do seu feitiço.

SÓYA, SEMPRE SÓYA...

Bon clossôn ka dá doló clossôn
Bom coração dá dor de coração

"Senta sobrinha... senta aí no banco de pau ferro que era de seu avô grande..."
Começava assim o ritual de todos os dias em que tio Filipe, o mais velho de um grupo de vinte irmãos, resolvia deixar Caixão Grande e ir passar a tarde a Batepá. Que nos anos oitenta ainda se usava muito ir visitar a família e como para ele, na procveta idade em que estava todos os dias eram domingo, o contar de histórias fazia parte de uma atividade afetiva. Sobre-

tudo fazia-a comigo pois que fora ele meu guarda de infância, fora ele que, segundo minha mãe, me trouxera nas costas desde Guadalupe até Batepá.
E as tardes assim eram uma autêntica delícia!...
Uma delícia a que se juntava sempre uma travessa de *lôso min* que minha mãe ia distribuindo sabiamente pelos pratinhos de barro e na falta destes pela casca do coco. E enquanto nos adoçava a boca, os ouvidos iam-se deleitando com as histórias na tarde quente.
"Sobrinha! ... seu tio não viu... mas ouviu contar."
A repetição intercalada desta frase dava uma autenticidade e um alento à continuação da lenga lenga de histórias como se tivesse os bolsos cheios delas... embora minha mãe avisasse sempre que aquele seu irmão gostava de inventar muita coisa. Para ela, em todas as histórias que lhe ouvia, mais de metade era pura invenção. Talvez por isso, sabendo da fama que lhe imputavam, tio Filipe avisava sempre:
"Sobrinha! ... seu tio não viu... mas ouviu contar."
Depois começava com aquele ar de acalmia e suavidade que lhe era tão peculiar
"Veio de barco para conhecer a ilha. Não esta mas a mais pequena, a do Príncipe, nossa ilha irmã."
Parava por segundos para intercalar com um certo orgulho: "Uma pérola, sobrinha... o Príncipe é uma pérola! Nunca lá estive mas quem contava era Odair, meu irmão *kodé*, que fez lá serviço militar". Depois prosseguia com um sorriso ao canto da boca
"No Brasil contavam-lhe histórias mirabolantes dessa terra perdida algures no meio do oceano, um pedacinho de paraíso virgem abundante de águas e de

árvores. E de flores. E de sorrisos também. Quase nem acreditava. Como era possível existir tal ilha? Mas se seu tio-avô percorrera o mundo e lhe falava sempre nela... então é porque era verdade! Tão verdade que contra a vontade paterna comprou passagem de barco, o único transporte da época e veio para o Príncipe. Jovem, belo, elegante, Francisco Chagas chegou cheio de força e vontade de viver. Pudera... é tão fácil aos vinte e seis anos! Solteiro, Francisco amava o sol, o céu e tudo o que fazia parte da Natureza. Por companhia trouxe um cão que o pai lhe tinha deixado criar como se fosse seu filho, um cão de raça pequena, pelo castanho cor de mel e umas orelhas quase a arrastar ao chão. Dizem que era muito bonito e muito meigo. Acompanhava o seu dono por toda a ilha."

E o tio ia fazendo as tais paragens:

"Sobrinha!... seu tio não viu... mas ouviu contar."

"Francisco Chagas voltou ao Brasil no ano seguinte mas foi para se despedir definitivamente dos pais e do resto da família que por lá ficava. Com ele levou o cão e com ele o voltou a trazer. É que, segundo contava aos amigos, o cão tinha nascido lá em casa, no quintal, filho de uma cadela vadia que morreu mal o cachorro nasceu. E quando seu pai estava a dar ordens aos homens do lixo para levarem o pobre cachorrinho, Francisco, que tinha um coração de ouro, foi a correr implorar-lhe que não fizesse tal coisa. Ele ficava com o bicho, criava-o como se fosse um bebé e ele havia de resistir. E tanto que resistiu que lá estava ele, no Príncipe, ao lado do seu amigo a quem retribuía com uma fidelidade incondicional. Inseparáveis, formavam uma dupla conhecida de amigos, vizinhos, mas sobretudo das crianças com quem o cão tanto gostava de brincar em loucas correrias pelas ruas de Santo António."

Ao invés das manhãs, a tarde ia deslizando rapidamente e o pires de arroz doce com milho e leite de coco há muito se tinha desfeito nas nossas bocas. Era nesse momento exato que minha mãe se começava a preparar para acender o *candj'á zêtê*. Com toda a sua paciência ia buscar o objeto da luz, limpava-o com um pedaço de folha de bananeira seca e o fósforo rodopiava na sua mão até a chama dançar e dar vida ao pavio. Era a noite a chegar em todo o seu esplendor e a dizer que estava na hora do descanso.

Mas tio Filipe não estava totalmente feliz, pois sua história ainda não tinha terminado. Que se danasse a noite.

"Sobrinha!... seu tio não viu... mas ouviu contar."

Um sorriso quase de vitória. A luz do *candj'á zêtê* iluminava-lhe o rosto onde se desenhava, além de algumas rugas, uma felicidade de criança. Naquele momento de magia ele era o perfeito contador de "sóias" que não tinha podido ser para seus filhos, pois o ganha pão em Angola e em roças longe de casa tirara-lhe essa felicidade. Por isso agora, após o meu regresso, ele tinha essa alegria, esse conforto de fim de vida na transmissão oral daquilo que tinha ouvido embora não tivesse visto.

"Francisco Chagas decidiu ficar. Na realidade, a ilha era aquilo com que tinha sonhado, aquilo que ouvira em tantos serões na sua casa grande do Brasil. Com conhecimentos em agronomia foi-lhe fácil arranjar trabalho.

Primeiro na Sundy, depois na Paciência, mais tarde na Belo Monte donde espraiava o olhar pela beleza luxuriante da floresta e do cacauzal que à sua sombra se abrigava e produzia o melhor de todos os diamantes... Por fim exerceu cargos públicos e por toda a gente distribuiu amizade..."
"Tio já viu que é noite?! Como vai para casa?... A tia deve estar aflita!"
Uma gargalhada sonora como se tivesse menos vinte anos! Minha mãe também sorriu na cumplicidade de quem já sabia o que vinha a seguir
"Seu tio hoje fica aqui perto... em Galo Cantá, em casa de outra amiga! Senta outra vez, sobrinha, senta..."
Mais risos. Mais gargalhadas. Como se fosse a coisa mais normal deste mundo um homem com oitenta e muitos anos ainda andar a visitar as várias mulheres que tinha... Mas essa é uma outra vida dos homens desta terra! Nada mais havia a dizer nem a fazer. Apenas ouvir o final da história
"Sum Francisco fez amigos, amealhou dinheiro, muito dinheiro, teve amores mas quando pensava em mulher de portas adentro vinha logo o dilema do cão. Porque ele o queria sempre a dormir no seu quarto, aos pés da cama com direito a refeições iguais às suas e uma manta leve por cima em noites mais frescas de gravana. Podia lá ser? *Kê kuá!*... Os amigos também o iam criticando, iam-lhe dizendo que assim devia ser muito difícil arranjar mulher, que ele não devia tratar o bicho como um irmão! Tratá-lo bem sim mas não

daquela maneira... talvez até fosse melhor separar-se dele!"
  Agora o rosto do tio transfigurava-se para dar um tom mais severo e mais real ao diálogo entre Sum Francisco Chagas e menina Preciosa Matos, filha do maior comerciante da cidade de Santo António
  "Pois é assim que eu quero que o trates minha querida... como um irmão! Se não aceitas paciência... desisto do casamento."
  "Pois quem desiste já sou eu... nem meu pai vai aceitar isso não!"
  E o tio voltava a ficar triste no desfiar do que já se antevia uma adversidade
  "E desistiu mesmo. Daquele e de mais dois que lhe apareceram. O coração de Francisco não consentia separar-se do seu maior amigo."
  "Sobrinha!... seu tio não viu... mas ouviu contar."
  "Triste, acabrunhado, mal compreendido, refugiou-se no álcool e nos poucos amigos que ainda lhe eram fiéis. Apenas dois e o cão. Em breve as febres tomaram conta do seu corpo de tão frágil que estava. E o coração foi ficando cada vez mais fraco... mais fraco...
  Pediu que o enterrassem no cemitério da cidade. Aos dois últimos amigos, Jacinto e João Maria, deu todo o dinheiro que amealhara durante os vinte anos que vivera no Príncipe para lhe fizessem um mausoléu e tratassem bem do seu único e inseparável companheiro, o seu grande amigo. O maior deles todos. O mais fiel de entre os fiéis. Aquele que nunca o abandonou. Nem mesmo depois da morte. Ninguém o con-

seguiu tirar do cemitério. Dizem até, sobrinha, dizem até que morreu em cima da campa do dono pois que lá ficou desde o dia do funeral recusando-se a comer e a beber. Por piedade os amigos enterraram-no na mesma campa do dono e alguns anos depois puseram os restos mortais de ambos no mesmo jazigo."

Tio Filipe enxugou duas lágrimas a que o mutismo de minha mãe e a indiferença de meu irmão indicavam já conhecer a história tantas foram as vezes que a tinham ouvido. Tal como eles também o meu cepticismo se devia ter feito notar.

Quando, em 1993, fui pela primeira vez à ilha do Príncipe e me levaram ao cemitério da cidade de Santo António deparei-me, logo à entrada, do lado esquerdo, com um pequeno mausoléu onde numa das lápides ainda se consegue ler "Francisco C. Chagas, natural de Olinda, cidade de Pernambuco, faleceu a 26 de Abril de 1845 com 46 anos de idade... Foi bom cidadão, honrado amigo e serviu vários cargos nesta ilha do Príncipe com zelo, probidade e inteligência".

No cimo, em vez da tradicional cruz de Cristo, sobressai a escultura de um pequeno cão, de orelhas pendentes e um olhar de meiguice. Quase em segredo, o guarda do campo santo confessou-me que dentro do vaso do mausoléu estão guardados os restos mortais dos dois amigos.

Onde quer que estejas, tio Filipe, meu guarda de infância, desculpa se alguma vez duvidei das tuas histórias!

FYÁ MALIXIA

Tudu mwala glavi na ka fatá botó fá
Todas as mulheres bonitas têm algum defeito

Todos o conheciam. Não só pela alcunha usurpada a uma das plantas mais emblemáticas da nossa floresta, mas sobretudo pelas suas aventuras mirabolantes acompanhadas de vitórias estrondosas de amores bem sucedidos, embora que por vezes lhe tenham deixado no corpo marcas eternas de emboscadas feitas por seus rivais.

Chegara às ilhas, como tantos aventureiros portugueses, no Quanza, em busca de fortuna fácil e rápida antevendo um regresso em poucos e bem aventurados anos. Mas nada disso aconteceu. As ilhas abraçam sempre quem chega e esse abraço é tão forte que, tal como os tentáculos de um polvo, o visitante raras vezes regressa ao seu país de origem. Aconteceu com milhares de portugueses que durante séculos ali desembarcaram e lá deixaram seus ossos e seus descendentes mestiços por mais escuros que eles hoje sejam; aconteceu o mesmo a Joaquim Vieira ido de Vila Boa de Ferreira de Aves para terras quentes do Equador a contrastarem com o gelo e a neve do seu torrão natal. Deslumbrou-se com o calor sufocante de setembro a abril bem ao contrário do que estava habituado, com a chuva quente e em bátegas tão fortes que quase o deixavam atordoado, com os frutos exóticos e perfumados que chegou a dizer aos amigos que vivia no paraíso...

Mas o que mais o deslumbrou, o que o deixou completamente siderado foram as mocinhas, as "minhas negrinhas" como passou a dizer, "as minhas rainhas" e neste feminino plural qualquer um antevia que havia conquistas em quantidade...

"São casadas e solteiras... caem que nem tordos!"

Todos sabiam que não era bem assim mas ele ficava feliz nas gabarolices e quem o ouvia acabava por lhe achar graça. Empregado de balcão na loja Francisco Cabral ali se debruçava perante as jovens que lá iam comprar tecidos para blusa e saia godé e lenço de *bôtandji* para a festa de Deus Pai.

"E como consegues tu tanta mocinha?"

"Muito fácil... muito fácil..."

E num ápice contava orgulhoso como lhes fazia propostas indecorosas mas de uma originalidade ímpar, como lhes oferecia joias de um ouro que assegurava ser de primeira mas que não era mais que um latão bem brilhante que faria qualquer um acreditar que se tratava mesmo de ouro de lei

"Vocês não sabem conquistar mulher..."

Ficavam despeitados os amigos com tamanha bazófia mas pelo sim pelo não aguardavam ansiosos o relato de uma nova aventura

"Desta vez é mais difícil..." — confessou — "ela já tem homem e conhece bem um empregado da casa!" a casa era a casa comercial onde trabalhava, já se vê.

"Mas eu desenrasco-me..." arrematou sorridente.

Os amigos andavam intrigados pois viam-no sorumbático, calado, infeliz.

"Então" — era o Pontes da Milagrosa — "ainda nada?..."

"Nada..."

E neste nada estava um desgosto que parecia milenar, parecia vir da noite dos tempos como se nunca tivesse conquistado uma mulher, uma "negrinha" como ele dizia, era como se céu e terra tivessem desabado sobre o seu corpo franzino. Não encontrava solução para aquele amor que dizia era mesmo a sério, estava decidido a ficar com ela para o resto da vida, levá-la até ao altar se fosse preciso... ela era tão bela, tão sensual, esculpida numa pele de ébano de onde sobressaíam formas divinais, uns seios quais duas papaias, uns olhos expressivos e um sorriso tão malicioso que

Vieira sentia-se o mais infeliz dos homens não poder dizer que aquele pedaço de corpo lhe pertencia.

"Eu tenho meu homem viu?... e é homem bom!"

A resposta ao roçar da mão pela cintura não fora ríspida mas também não lhe deixava margem de esperança. Apesar disso pediu-lhe que voltasse ao outro dia à loja

"Eu precisa mais nada não... eu hein?"

"É só para eu te ver" — disse quase em surdina

"Pra ver eu basta passar no mercado" — quase gritou

Ah, então era *palaiê*! Que venderia? Fruta ou peixe? Deixou-a afastar-se, virar a esquina e sorrateiramente saiu da loja

"É só um minuto, eu volto já!" — pediu ao colega

Seguiu-a de longe e viu que ela não foi para o mercado e naquela mentira ardilosa sentiu-se ludibriado por quem estava a destruir-lhe o coração. Mas talvez fosse melhor assim, ele ia segui-la até casa. Sempre na sombra, sempre cauteloso, chegou ao bairro mais barulhento e movimentado da cidade, o Riboque. Viu-a abrir um portão baixinho e subir as poucas escadas de acesso à casa. Tirou os sapatos, limpou os pés e entrou encostando a porta com suavidade. Estava tão embevecido com aquela descoberta que nem se apercebeu que havia quem o olhasse admirado

"Ei, Sô branco! Você é mesmo bonito... eu ainda caso com você!"

O piropo vinha de uma miúda de treze ou catorze anos talvez, bonitinha que enfim, aspeto atrevido e que esperava uma resposta que veio em forma de pergunta

"Tu sabes quem é aquela jovem que entrou naquela casa?", e apontou a casinha pequenina de madeira quase à sua frente

A miúda riu-se. Encolheu os ombros "Sô branco não sabe, não?"

Perante o aceno negativo que Vieira fez com a cabeça teve a resposta

"É *Fyá Malixia*..." "Como? *Fyá* o quê?"

"*Fyá Malixia!*" quase gritou e começou a correr pela rua abaixo sempre repetindo o nome

"*Fyá Malixia*... ê! *Fyá Malixia*... ê!"

Vieira estava atordoado nem sabendo o que dizer ou o que pensar. Que nome estranho! E porque se riu tanto a miúda?

Encontrou-se com os amigos no fim de semana no bar do Gama da Silva. Viu-os ansiosos com a sua chegada. Queriam notícias frescas, se ele já a tinha conquistado, se ele sabia alguma coisa sobre ela, se ele já a tinha levado para o quarto, se ele sempre iria casar com ela, se ele... ah!

Mas ele nada! Ainda não a tinha conquistado, não sabia quem ela era realmente e o pior é que tinha um nome que ele nem percebia

"*Fyá Malixia*" disse com dificuldade

Os amigos entreolharam-se. Sorriram como quem tem um segredo e não o quer revelar.

"*Fyá Malixia?*..." repetiram em uníssono

Ah! Afinal eles sabiam qualquer coisa que Vieira não sabia e que agora queria saber. Exigiu explicações que os amigos negaram. Juraram até que de nada sabiam. Só acharam graça ao nome — disseram. Mas Vieira apercebeu-se que havia um mistério com aquela mocinha que lhe estava a destruir o coração, sim, porque, desde que a vira, aquele serpentear de corpo jovem e belo, aquele sorriso malicioso com que lhe respondera na loja, Vieira deixou de ser aquele homem alegre, bem disposto, sempre à espera de uma nova conquista e era agora uma sombra esquálida de um ser amargurado e acabrunhado. Deixou de ir ao bar do Gama que dizia o olhava de soslaio e entre dentes sussurrava *"Fyá Málixia"*. Mas também deixou de dar rebuçados aos miúdos que o seguiam na rua e cantavam a uma só voz *"Fyá Málixia ê... Fyá Málixia ê"*.

"Bom dia Sô Vieira."

Não podia acreditar. Ela estava ali na sua frente, dengosa, perfumosa, um olhar de serpente, maliciosa e atrevida... Vieira deixou o balcão e veio ter com a jovem. Queria saber por que motivo ela tinha aquele nome tão exótico e...

Nem o deixou terminar a frase. Entre gargalhadas sonoras foi explicando "Sô Vieira não conhece *fyá málixia* não? Aquela folha *d'obô*..."

Pois não, ele não conhecia nada da floresta, nada mesmo. Ele era empregado de balcão, calcinha fina, camisa de linho, sapato branco e castanho sempre bem engraxado, não, ele não conhecia essa folha. Mas afinal o que tinha essa folha de tão especial? O que tinha essa folha a ver com o nome que lhe davam?

"Ela fecha toda quando alguém lhe toca". E um gargalhar ecoou de novo aos ouvidos de Sô Vieira.

"Mas volta a abrir logo logo... bô tendê, Sô Vieira?"

Mas Vieira não *bôtendia* nada. Folha que fecha, folha que abre... Ah! Então era isso, era ela a folha, a folha malícia... agora mais que nunca queria aquela negrinha tão bela e tão sensual como nunca imaginara que existisse no mundo. Podia já ter sido *fiá málixia* para muitos agora seria só para ele!

"Eu volto já... é só um minuto" pediu ao colega que, estupefacto, assistia à cena. Vieira deu a mão à jovem que exibia um largo sorriso de orelha a orelha. Subiram até ao bairro do Riboque e a partir dessa tarde quando os miúdos lhe gritam:

"*Fyá Málixia* ê!... *Fyá Málixia* ê!" Sô Vieira sorri de felicidade, atira-lhes rebuçados e faz um aceno de mão.

DEPOIS DOS CINQUENTA

Oká ká nansê ku pian dê, ê ká mólê ku pian dê
Oká nasce com espinhos e morre com espinhos

Sempre aquele gosto gostoso de ainda conquistar catorzinha, de se banhar todo com água onde coze folhas e flores de pé-de-perfume, matrusso, *fyá libô d'awá* enfim... de tudo quanto possa ainda perfumar seu corpo, de comprar roupa nova nos fardos de roupa velha que o esbanjamento da Europa leva para terras de África, de ir apregoando os seus dotes de conquistador, de homem *"kentxi, kentxi zu zu zu..."* mas já nada serve de apelativo àquele corpo passado e repassado da meia idade que ainda tenta insinuar-se para novas aventuras.

"*Vé sa vé!... Kê Kwá!*" é o que ouve das jovens catorzinhas a quem se dirige por vezes de uma forma despudorada numa tentativa de náufrago a quem a água já cobre quase o corpo todo.

Diz-se que Belmiro Lima, mais conhecido por Sun Bébé, está agora, em fim de vida, a pagar todo o mal que fez a Tintina, que aos treze anos, virgem e linda de morrer, se lhe entregara ao acreditar nas baboseiras que Bébé, já homem feito, amantizado e pai de muito filho, deitara pela boca fora. Vinha ela do mato carregada de banana e ele, quase quarentão, homem vivido e sabido, malandrão, cheio de mulher por tudo quanto era canto...

"Cuidado menina, esse homem não interessa a você não, hein!" era o conselho da mãe, da avó, das tias, das amigas.

Mas Belmiro Lima voltou ao ataque. Queria aquela catorzinha precoce só para ele, queria-a talvez mais do que tinha querido a qualquer outra pois que ela era linda de morrer... Por isso voltou e trouxe brinco de ouro, ouro mesmo, ouro de lei e voltou de novo em véspera da festa de Deus Pai. E levou comida, muita comida e vinho para todos. E a mãe foi amolecendo nas palavras e nas ações. Mais nas ações que nas palavras. E Belmiro trouxe colchão e nele se deitou com Tintina e fez o que de melhor sabia fazer na vida. Lhe contou de suas façanhas de amor. Que entonteciam qualquer uma. E Tintina achou graça. Por demais. Se lhe entregou toda, todinha num mar de alegria esfusiante porque acabava de descobrir o outro lado doce do seu corpo. Talvez por isso Belmiro se enfeitiçou de tal modo que a proibiu de ir a festas, a fundões, ao mato, apenas à igreja e que se sentasse em lugar donde ele a visse caso viesse à porta. Tanta exigência para uma jovem em idade de correr pela floresta, de se espreguiçar em outros braços mas enfim... ela também tinha gostado daquela noite em que sua mãe o deixara dormir lá em casa.

"Eu mato você sua *plêjida*!" foi o grito que ouviu à sua frente de uma mulher que nas costas carregava uma criança e na cabeça um *kwali* cheio de fruta que iria vender ao mercado.

"Bébé é meu homem viu! Eu mato você..."

Tintina ficou sem pinga de sangue. Correu como louca até casa onde a avó lhe aconselhou:

"É bom que você veja o que anda a fazer... esse homem não presta não!"

Era já noite quando ouviu Sum Bébé bater à porta. A mãe foi abrir. Informou que sua filha não o queria ver mais. Ele era homem de muita mulher e muito filho. Para que queria agora aquela jovem?

"Deixe-me falar com Tintina! Por favor! Eu quero contar toda a verdade."

A mãe cedeu e a filha também. E toda a verdade nua e crua saltou em catadupa. Cinco mulheres. Quinze filhos e mais dois a caminho. Tintina chorava, soluçava feita criança que ainda era. Mas Bébé a foi convencendo que aquilo de ter muita mulher era um destino com que ele tinha nascido mas que depois dos cinquenta iria mudar. Ficaria muito mais calmo, só a teria a ela, a mais nenhuma. Seria só seu homem, seu único homem. Ele estava a ser sincero. Nunca tinha confessado isso a nenhuma outra. Só a ela. Que tivesse paciência. Logo logo ele estaria a fazer os cinquenta e tudo mudaria. Sossegou-se Tintina com tamanha sinceridade. Como podia estar a mentir? Até deitou lágrima ao contar tudo da sua vida pessoal. Não era que ele quisesse, não, mas as mulheres gostavam do jeito dele, desculpou-se, do abraço, das noites tórridas de amor que ela ainda nem tinha começado a descobrir. Mas iria descobrir. Era só esperar. E Tintina esperou. E passaram os cinquenta e nada. Cada vez mais mulheres. Mais noites sem aparecer em casa e ela carregada de crianças e de trabalhos.

Tintina passou à ameaça. Que ele ia acabar, quando morresse, no fogo do inferno que padre João de Deus falava isso na missa de domingo.

"Você vai pagar *muintoê!* Você faltou sua palavra! Eu esperei sempre você!"

Mas homem da ilha do chocolate nasce com esse vício de muita mulher e pensa que o maior luxo é dizer que tem mais de cinco ou seis!

"Você mentiu-mo" — gritava Tintina! — "Não vou perdoar mais não!"

"Que quer você Tintina?! Sou como *oká — oká ká nansê ku pian dê ê ká môlê ku pian dê!*" — arrematava depois quase em tom de confissão — "gosto de mulher... muita mulher ...pronto"

Ainda tentou confortar a situação, talvez ela repensasse: "Faltou comida pá você hein? E pras crianças?... faltou?"

Nas noites seguintes encontrou a porta fechada. Com fechadura moderna. De segurança. Comprada na cidade, na loja do chinês.

Sozinha Tintina criou quatro filhos lindos e ainda mais outro que teve de Zezinho da Milagrosa que lhe deu atenção e carinho de que ela tanto precisava. Depois, como a maior parte dos homens, Zezinho acabou também por rumar mais a sul, a terras de Angola. Mas sempre lhe vai mandando uns fardos de roupa que ela vende no mercado onde, apesar de tanta dor e tanta mágoa por que passou, esbanja alegria e coragem como todas as mulheres da nossa terra.

Já passado dos setenta e muitos Sun Bébé ainda não precisa de bordão para caminhar. Ainda se perfuma e se bamboleia. Ainda volteia ao som dos conjuntos nas festas de Deus Pai. Ainda faz ofertas atrevidas. Indecorosas por vezes. Ainda sorri com boca e olhos para as catorzinhas que se cruzam com ele. Tal como *oká* ainda tem os seus espinhos. Mas ouve sempre, em tom de chacota, o mesmo de qualquer uma *"vê sá vê... kê kwá."*

JOÃO SERIA, UMA LENDA

Sótxi sa sala mon
A sorte vem na palma da mão

Anos oitenta! Quase a meio, quase a dez anos de distância da independência e o meu regresso em cheio ao berço de Batepá, às raízes abençoadas de uma placenta que ficara enterrada no quintal à espera que eu abrisse de novo a porta materna. E abri. Com alegrias inesperadas, que o tempo da reinfância volta sempre ao útero das nossas memórias. Como berlinde em mão de criança, joga-se longe mas quer-se de volta.

Como foi inesquecível o tocar a mão da mãe ausente, o borboletar pelos velhos caminhos do mato, o saborear paladares há muito enterrados nas ânforas de uma Europa que nada tem para nos ensinar a não ser a forma diplomática como nos obriga, discretamente, a relegar para segundo plano todos os outros continentes, sobretudo o continente da terra-mãe.

Por isso eu quis percorrer todo o tempo de ausência e de distância naquele ano de oitenta e cinco quando tudo era novo, o partido único, os familiares chegados do Gabão, de Angola, do Senegal, os cooperantes de países tão estranhos naquela altura como o eram a Polônia, a URSS, a República Democrática Alemã, vulgo RDA, as lojas do povo, os cubanos que achavam graça aos garrafões que no alto das palmeiras exibiam o néctar que nos faz cantar e dançar após a fermentação, o som das vagas que nos trazem recados de algas e corais e nos transmitem na pele a vontade da partida enleada ao sonho da descoberta...

Tudo era novo, tudo era diferente, tudo era um pedaço de mim arrancado à meninice que aos três anos deixou escondida na bruma a esfera armilar de sons ébrios de encantamento.

E os sons regressaram ao ventre, ao coração, aos lábios que tentavam soletrar as músicas que os conjuntos iam passando na rádio. E pela manhã era o Sangazuza com "Hozé djá di Nanzalé" acompanhado por músicos que o sucesso foi esculpindo seus nomes nas páginas da ilha; era Sum Alvarinho a dar força ao ouro da terra: "Cacau é ouro, é prata/ é nosso diamante também..."; eram "Os Untués" que a voz magistral do Zé Aragão transportava até àquela varanda de Batepá cantando "Sam Djinga, Buduê", uma canção que me extasiava ao mesmo tempo que ia pedindo para me fazerem

a tradução, pois naquela época a língua materna ainda me era difícil de falar e de compreender.
"Minha filha amanhã tem festa no Budo Budo. É fundão."
"E o que é fundão?"
"É festa do povo mesmo"
Como aquela resposta vinha de encontro aos meus desejos. Um fundão! Uma festa do povo! Sempre fui uma amante do povo, essa gente que é capaz de se sacrificar para ajudar um amigo... Não há nada mais puro, mais verdadeiro que um abraço dado por alguém do povo, aquele abraço sem mentiras, sem evasivas, um abraço sentido, apertado contra o peito, profundamente solto de preconceitos de elites e outras aldrabices. Portanto, ao pensar que me levavam a dançar num fundão estava definitivamente colado à minha pele aquele momento que viria a seguir. Vestido às bolas, vermelho e preto, cabelo cheio de trancinhas que tia Bibi resolvera enfeitar-me a cabeça à moda da terra e o carro de tio Zézinho a deslizar remansoso para a cidade-capital a caminho de Budo Budo. Um mundo de cores, profusão de línguas, cheiros, aromas que se iam soltando dos ares envoltos em pratos deliciosos, em saquinhos donde se pressupunha estarem guardadas todas as iguarias exóticas das ilhas do cacau.

O conjunto tocava e inebriava os ares com palavras que pareciam saídas de um lugar místico, ainda por encontrar. Os sons musicais faziam lembrar as Antilhas ou o Zaire... Os pares enlaçavam-se rodopiando, colando os rostos como se quisessem perpetuar aquele instante.

"Que bem que toca o conjunto!"
"É África Negra minha filha... É África Negra!"
"Bom mesmo é João Seria, o vocalista!... sobrinha ouve!" E João Seria cantava:

Aninha muê Aninha ê
Aninha muê antê quê d'já?

Também rodopiei, também enlacei e fui enlaçada naquela festa popular mas o que deveras me inebriou foi a voz do homem que tinha um nome a fazer lembrar um tempo verbal, Seria. E as canções continuaram a encher a noite quente do equador:

Iá kalambola Nova Moka Ku flá ê s'ka bá posson
Pê bin ganho ô plezentxi.

Depois de Carambola veio Angélica e o ritmo que perdurou até às cinco da manhã tinha o sabor de uma nação que acabava de proclamar a sua independência. E a voz de João Seria extasiou os meus dias de sonho na ilha que me viu nascer mas não crescer...

Alice muê, Alice mô ô
Alice lemblá, Alice muê, jóiá mô Ngá cumé cu áuá uê
ni uê ô Ngá bêbê cu áuá uê ni uê ô Alice tê péna mú

Madalena, Madalena,
Madalena meu amor, Madalena
Madalena, pensa bem antes de fazer o amor
é como lua, só di noite é que se brilha...

é daqui, é di lá é daqui, é di lá
kidaleô
iá calambólá nóva móca,
cu !á ê scá bá póssón ma fála ná buá di !á fá é
Só cu João Seria !á : xi bô tasson
ni libá gélu bô scá tasson ni libá dójó...
loja matú bô bê ê
ô bê cuá cú mundu sá é daqui, é di lá
é daqui, é di la

Durante anos segui-lhe os passos. Soube das suas digressões, Portugal, Cabo Verde, Argélia, Angola... Comprei os discos, os CDs. Voltei à terra e de todas as vezes tinha que saber onde estavam os "África Negra" e João Seria. E fui de novo aos fundões, ao Riboque de Santana, a Água Arroz, a Ribeira Afonso, às festas de Deus Pai, de Santa Mukambá, da Peregrina, de Nossa Senhora de Guadalupe, Nossa Senhora de Neves...

E fiquei com essa voz gravada até hoje.

Assisti ao seu regresso de Luanda nos anos noventa, se a memória não me falha, após uma digressão retumbante por Angola. Também fui ao aeroporto. Um mar de gente numa euforia colossal de tal forma que me perdi das primas que só reencontrei em casa! Como toda a gente vozeei em uníssono o nome do cantor. E João Seria percorreu a distância do aeroporto ao centro da cidade entre gritos e aplausos como se fosse um rei! E era...! Nem certos presidentes tiveram aquele banho de multidão, nunca! Quem como ele fez tamanha publicidade ao país insular escondido no umbigo do mundo é de facto um rei! Há um provérbio muito bonito que diz "Todo aquele que fez crescer uma seara onde antes não havia nada fez mais pela pátria que todos os políticos juntos." E João Seria fez crescer milhares de searas. As suas canções produziram alegria em milhares de seres, fizeram rodopiar milhares de pares apaixonados, fizeram florir palavras doces onde antes só havia desconsolo e desilusão...

Percorro o Youtube em busca de novos êxitos, leio as notícias sobre o seu desmembramento mas soube também que anos mais tarde os África Negra se reencontraram.

Fico feliz por saber que, após anos de silêncio provocados pela inépcia de quem não ama nem dá à cultura o valor que ela merece, João Seria volta a oferecer a sua voz, o seu talento, a sua candura tal como naqueles anos oitenta quando "Aninha muê" me fez deliciar e orgulhar de ser santomense.

"A sorte vem na palma da mão" disseste tu um dia numa entrevista em que te perguntaram como conseguias tantos êxitos.

Alguém te apelidou "o General" mas só isso não chega para a grandeza da tua voz, dos teus êxitos, das delícias com que encantaste e ainda encantas tantas noites a milhares de corações sedentos de enleios. General... rei... príncipe... sim, este *Chá do Príncipe* cheio de contos também é para ti, pois estás em todas as lembranças da ilha que te viu nascer! Estás também em outros países aqui citados, Angola, Alemanha, Portugal, Cabo Verde, por onde andaste com êxitos retumbantes!

Cantando as tuas melodias aprendi mais rápido a língua materna de que sempre te orgulhaste. E levaste por esses horizontes fora...

Quê Santomé, Quê Santomé
Quê Santomé, Quê Santomé
Quê Santomé, Quê Santomé
Tela se sa txoco êMaji tela Sa xá likeza
Kwá ku ska fate
Sa kontroli tan

Só uma vez te prestaram homenagem. Infelizmente, por razões de trabalho, não consegui estar presente mas vi depois no youtube e rodopiei quando no final cantaste "Tira o pé do chão... segura segura por favor... tira o pé do chão! Ai tira o pé do chão!" Foi no 26º programa de "Nós por lá Especial fim de ano - 2011". Tão pouco, João Seria, tão pouco para quem tem feito tanto pela terra onde nasceu... Atrevo-me mesmo a dizer que o teu coração se alegra de cada vez que cantas as ilhas do cacau e as suas gentes, pouco te importando as homenagens; essas ficam para os que pouco fazem! Sempre foi assim!

Mesmo incógnita, segui e seguirei sempre o teu percurso, João Seria. Nas minhas andanças pelo mundo levarei no meu peito "Quê Santomé", "Alice", "Maia muê", "Pêdlelo" "Angélica" e a tua voz há-de estender-se mar além na minha alma e na minha poesia.

Dediquei-te um poema no livro *O Cruzeiro do Sul* mas nunca to ofereci. Errei, confesso. Devia tê-lo feito, ter ido a tua casa mas sabes... sempre de malas na mão... e depois... era tão pouco! Merecias e mereces muito mais.

Quando te ouço cantar:

Bô pó kumê bebê ami na té odjo bô fá
Kuá dê ku sa klave sá ximintele sá un só bô pó Sá lico kô
ká balá Ami tém ká bala
Só só só na fê luxo dami fá

penso que afinal também és poeta e pensador. Só assim se justifica a lição que deixas a pobres e a ricos — "todos vamos para o cemitério e por isso não vale a pena ódios nem invejas." Assim deveria ser, mas infelizmente poucos se lembram que isto é apenas uma passagem.

Embora não o saibas nem nunca o tenhas sonhado, digo-te hoje que nas letras das tuas canções aprendi muito sobre o nosso povo, sobre nós, sobre a nossa maneira de viver e de sentir. Por tudo isto, João Seria, a minha eterna gratidão.

Por tanto que tens feito pela nossa identidade, pela nossa afirmação como povo soberano, gostaria de ter ainda a felicidade de ver o teu nome encher as páginas da cultura do nosso diminuto mas grande país, esse país que tu representas, João Seria, esse país que tu cantas e encantas há tantas décadas, que o teu tempo, tenho a certeza, há de ser eterno.

O SONHO LONGÍNQUO DE LUCIALIMA

Sótxi sá tamém sêbê
A sorte está acima do saber

Lucialima nascera em dia longo de *gravana*, dia enxuto de águas como manda a tradição, radioso em seu sol do Equador, fresco como só nesta estação se sente o folhear da floresta, o deslizar da onda, o cantarolar do rio...
Nascera a sul da ilha onde tudo é mais *móli-móli* mas mais exuberante, mais verde, mais quente, tão quente que a cobra preta se estende ao sol e se esquece de voltar a casa. Foi aí, nas margens de Malanza, rio sonolento e remansado, rio que a meio do percurso vira

lagoa onde os bambus se espreguiçam e *konóbia* faz seu ninho e seu esconderijo, que Lucialima viu pela primeira vez a luz do dia em sua casita de *vamplegá*. Sim, de *vamplegá*, casita pobre mas que sua mãe tivera por herança de seu velho avô Mimoso e foi aí também que Lucialima recebeu seu primeiro banho com folhas aromáticas da planta com que sua avó fazia chá para dores de barriga ou simplesmente para aromatizar seu corpo ao lavá-lo pelo morrer do dia. Daí que seu pai quis e impôs que fosse esse o seu nome e assim, enquanto que no registo se nomeou de Floriana, sua graça de casa foi nome da planta que a todos aliviava em suas dores noturnas.

Depois, a conselho dos mais velhos que ainda são eles os pilares do saber, sua mãe fez *págá dêvê* e Sum Mé Kini, o curandeiro, garantiu que na vida da criança a sorte estaria sempre acima do saber. Terminado o ritual, todos se congratularam com tal augúrio e a festa se desenrolou com acepipes puramente tradicionais: *d'jógó* bem cheio de ervas e de peixes, fruta assada no fogo com com-com grelhado, *izaquente* doce, *izaquente* de azeite, vinho de palma a regar as bocas e os corações... O pai cantava:

Yá mina non Nadaxi na ká fê fá
N'mêcê ku món lizuKu opé lizu!
Aqui está a nossa menina
Espero que nada lhe aconteça
Quero-a com as mãos rijas e os pés rijos (saudável)!

E assim Lucialima foi crescendo forte e sadia em seu verde de paisagem, em seu verde de brincadeiras poucas mas de liberdade em exagero. Só quem é nado e criado nestas paragens sabe o verdadeiro sentir da liberdade. Aqui criança tem em demasia correrias sem fim e frutos com que saboreia as outras amarguras da vida que talvez venham mais tarde. Com Bia, sua irmã, que entretanto nascera umas quantas luas mais tarde, volteava no palmar da roça, gargalhava quando seu pai regressava da pesca, e ambas, num florear de vidas numa ilha que ainda anda à deriva pela História, sonhavam um outro horizonte para além do limite do azul. E nesta exímia liberdade se iam escoando os dias na pacatez de um lugarejo como é Malanza que desperta sempre com o bulício das crianças, as vozes das mulheres que esperam ansiosas as canoas de seus homens e os sons miudinhos das aves e dos bichos que enxameiam a floresta ali a dois passos apenas.

Sempre Lucialima tivera seu sonho de menininha quando Didinha, sua tão velha avó de rosto e mãos amarrotados, lhe contava histórias trazidas de um longe que nem mesmo ela sabia onde era.

Dizia só que fora um velho branco que viveu no mato adentro de suas fronteiras para os lados da Lagoa de Malanza e que contava assim:

"Num tempo de longe longe em minha terra lusa havia uma menina muito linda que tinha uma boneca e a boneca tinha cabelos de ouro e olhos azuis."

E Didinha, sua tão velha avó, ria num desconsolo só de imaginar nessa terra longe coisas tão assombrosas como alguém que tinha cabelos amarelos e olhos da cor do rio quando segue calmo e brando a se juntar ao mar...

Lucialima foi crescendo mais um pouco e quando ficou órfã de pai e mãe vivos que a emigração levou para o Gabão aqui tão perto e tão longe, sua avó a entregou na missão das freiras em Santana para aprender coisas que ela, infelizmente, nunca tinha tido a oportunidade de saber e agora na reta final de sua já longa viagem não iria saber de maneira alguma. Mas Lucialima queria mesmo era contar sua história a toda a gente, desvendar esse mistério da palavra boneca como se isso fosse o centro do mundo. Imaginava talvez o velho branco Malanza, que do rio herdara o nome, lhe mostrando uma boneca mas sempre de longe, de tão longe que seus braços de menininha eram curtos demais para alcançar.

Nas margens do sítio onde crescera, palavra igual a essa não existia não. Seus brinquedos eram apenas corridas e trabalhos, por vezes canseiras duras de ir apanhar água a muita légua dali ou apanhar bunzio no mato para ir entretendo o ruído que por vezes o estômago lhe fazia, a ela e aos da sua família. Via, isso sim, brinquedos mas daqueles que os meninos da ilha do chocolate fazem nas poucas horas vagas em recolhas de desperdícios que sempre os vai havendo por terras com carências. E via nascerem de mãos pequeninas como as suas carrinhos de madeira, trotinetes, bolas de trapos feitas com peúga velha, camionetas e até aviões onde as rodas de cortiça, apanhada à porta da loja de Sum João Sim-Sim, aterravam sempre no país do sonho. Também faziam instrumentos musicais, marimbas, chocalhos, era só esperar pelas latas vazias da cerveja ou da coca-cola e aí partiam mato fora, por vezes obô cerrado mesmo, em busca de sementes e num ápice o som de um batuque bem ritmado fazia-se ouvir na noite enchendo de ritmo o céu de Malanza a Monte Mário, a Angra Toldo, até mesmo aos palmares de Porto Alegre...

Mas agora Lucialima ia aprender a ler, a escrever, a fazer costura e queria muito mostrar à Irmã Maria, sua professora, que havia de ter o seu sonho, uma boneca. Um desgosto a minava também, o de sua irmã ter ficado sem a acompanhar, sua avó dizia que Bia lhe fazia muita falta, que Bia não gostava da escola, que... que... Lucialima sabia da solidão da avó, o avô se finara, os pais agora tão distantes... Por isso ficava parada e solitária, quem sabe, num mutismo de submissa compreensão.

Como era bonito desenhar as letras, arredondá-las, pegar no lápis ou na caneta Bic, a mão esquerda a segurar a folha, a direita a deslizar no sonho e na realidade "tenho uma boneca... tenho uma irmã..." E, quando irmã Maria lhe fazia notar que nem só com bonecas se brinca, Lucialima ria muito, como só ela sabia, herança que lhe ficara das suas terras quentes do sul.

Os meses foram passando, a vida se começou a desgastar em faltas que a avó lastimava à porta da missão, a lamúria de ter que deixar Santana e ir para a cidade, talvez aí conseguisse suprir as dificuldades da velhice que teimava em se aproximar cada vez mais. Levaria Lucialima consigo. Além disso os pais enviavam fardos de roupa para ela vender e assim as duas seriam capazes de sobreviver numa época de crise e de corrupções que os altos dignitários do país não se coibiam de fazer. E o povo, como em qualquer outra parte do mundo, que se vire, que se desenrasque.

Também Lucialima se desenrascaria agora com a costura "eu já faz bem saia e blusa *pá* gente da cidade, e também *calça di home,* viu?"

Ao saber da decisão da avó em levar Lucialima para a capital, Irmã Maria usou de toda a sua estratégia cristã para contornar o problema, explicou que ali Lucialima estava em segurança, longe das armadilhas da vida e da sociedade, que continuaria a aprender a ler e a escrever bem e um dia, então sim, poderia ajudar sua avó. E na costura então...

Nada demoveu Didinha, a vida e os projetos não esperam e assim, de um sopro de vento, Lucialima ajudava a avó nos fardos de roupa, negócio tão em moda nas ilhas, vender o que os outros usaram uma ou duas vezes e que, perante o seu estatuto social já não pode nem deve ser mais mostrado em público. Então essa roupa vai, ao menos, fazer a felicidade de quem não teve a sorte de ser bafejado por berço de ouro. E há duas espécies de fardos a que o povo batizou de Mimo 21 e Mimo 22, uma chacota sarcástica às lojas finas da cidade onde, quem pode e quer, se presenteia a si próprio com artigos em primeira e exclusiva mão.

Os fardos Mimo 21 eram aqueles que traziam roupa nova mas de fraca qualidade, os Mimo 22 eram aqueles que a roupa já tinha sido usada tantas vezes que a cor já se desbotava e o modelo já tinha passado de moda há mais de uma década. Mas são esses fardos os que o povo mais procura para ir cobrindo, com alguma dignidade, o que não pode andar a descoberto.

E Lucialima, do alto dos seus onze anos, esguia mas forte como seu pai cantara, a cabeça bem cheia de trancinhas miúdas, se entretinha a abrir os fardos Mimo 22, a espalhar no chão por vezes enlameado do mercado os produtos, a gritar sua publicidade

"Compra mamã, compra meu fardo, é barato, é barato..." "Ê dona... vê roupa deste fardo... é *novaê*..."

E naquele grito ficava o seu sonho, o sonho do verbo ter "eu tenho uma boneca...", as saudades de Irmã Maria, o seu mar ao sul e o prenúncio de *Mê Kiní*.

Nascia a manhã! Bem azul no céu do fim da gravana, límpida como o mês de setembro a anunciar já a estação das chuvas. Lucialima, no seu gesto diário, abria e inspecionava o que vinha nos fardos. Era uma tarefa que lhe dava um certo prazer, ir desvendando aquele mundo de roupa que noutras paragens outros usaram em festas, em passeios, em dias de aniversário...

Abriu o seu Mimo 22, despejou de uma catadupa como cascata onde o rio se estremece e cai de súbito. Viu qualquer coisa no meio dos trapos costurados. Havia sempre coisas diferentes no meio da roupa, uma bola, um carrinho de metal, um telefone de criança para falar para outras terras, um brinquedo qualquer que a deslumbrava... mas naquela manhã a força da esperança foi maior que ela. Talvez, quem sabe, o seu dia de sorte...

As suas mãos tremiam ao pegar na boneca, uma boneca de cabelos louros e de olhos azuis como o céu do sul onde pela primeira vez vira a luz do dia, uma boneca com que ela tinha sonhado na sua ainda tão curta mas sofrida vida... oh! Como era possível?

Talvez o velho branco Malanza, o tal branco que herdara o nome do rio e vivera uma vida inteira adentro de sua floresta, lha tivesse enviado de lá, de onde estava o seu sonho, de onde estivera sempre ...

O AMOR TARDIO DE SAM DOLÓ

Vyantêlu pô sá mése, péma ka ngan'é
Vianteiro pode ser mestre mas a palmeira engana-o

Sam Doló foi a mulata mais bonita do Riboque de Santana. Bonita de corpo, feições, requebros... Tão bonita que até o Presidente Carmona quando visitou a ilha a convidou para dançar. E disso fez alarde até ao fim de seus dias. Tão bonita ela era que homem teve e muito, amores, só dois. É que há diferença, dizia ela, homem é só para dormir e não é sempre, amor é para toda a vida. Depois que a idade foi avançando, a curva descendente da vida a chegar Doló se esqueceu de seus amores e de seus homens e se dedicou de alma e coração a uma outra particularidade. Passou a ser vidente. Lia o destino de quem lhe pedisse para saber de seus augúrios. Até aqui é tudo normal. O anormal vem a seguir quando souberem como e quando Sam Doló lia o destino. Não o fazia como tantos outros videntes que os há em quantidade por todos os cantos do arquipélago e que fazem ou mandam fazer umas infusões de folhas de matruço com gengibre ou chá de casca de pau três com canela e *maguita tuá tuá* ou ainda aqueles que mandam lavar o corpo quatro dias seguidos com infusão de folha tartaruga e raiz de coqueiro ou fazer *pagá devê*..... Não, Sam Doló lia o destino só noite alta nas estrelas! Como um poeta...

"Vê além aquela estrelinha no céu?"

Perante a afirmação do paciente, vinha a resposta rápida e sorridente mesmo que o diagnóstico fosse dramático

"A estrela sabe o que vai passar na vida de você, é a estrela da sorte" ou então

"A estrela está triste por você; seu tempo é pouco mesmo..."

Amada por uns e odiada por outros, assim Doló foi vivendo de dádivas recebidas com alegria e com tristeza. Todos aceitavam a sua profecia vinda das estrelas e sua fama se estendeu por toda a ilha, pois que muitos chegavam a vir dos mais recônditos lugares para saber de seus destinos.

Assim aconteceu que um dia, vinda dos lados de Morro Peixe, chegou à sua casinha do Riboque de

Santana uma mãe em desespero com seu filho único, Ismael, que se tinha perdido de amores por Seliana que o rejeitava cegamente e por isso Ismael tinha deixado de comer, de falar, quase de ter vida. Ora, a mãe não conseguia entender como se podia detestar um jovem tão bonito, tão perfeito e tão trabalhador como Ismael. Na realidade, além de um corpo esbelto e de um sorriso a esbanjar simpatia, o rapaz era conhecido pelo seu trabalho de vianteiro, profissão que lhe ocupava as manhãs e as tardes guardando o pouco tempo sobejante para ajudar a mãe a cultivar sua gleba em terras de Sum Inácio Flangi.

Doló vistoriou Ismael de seus olhos longos, lhe ordenou de tirar a camisa, passou a mão no ombro esquerdo, depois a desceu longamente até ao coração pousando-a aí durante alguns minutos.

"Ismael você não está apaixonado não. Você pensa que está mas não está!"

A frase caiu como uma bomba. A mãe olhou para Doló depois para Ismael não acreditando no que acabava de ouvir. No entanto um rasgo de alegria lhe assomou aos olhos. Tanto melhor pois seria um alívio para o rapaz que quase nem comia.

"No entanto terá que voltar em noite de estrela." Depois Doló foi avisando em tom melancólico "Sua mãe não precisa vir não. Vem você sozinho."

Sum Inácio Flangi ouviu em silêncio o que a mãe de Ismael lhe contou. Que tivesse cautela que ele sempre ouvira contar estórias mirabolantes dessa Doló.

"Enfeitiçou muito homem! Desgraçou muita casa..."
"Mas agora já é velha!"

"Mas trabalha com estrela... cuidado viu?"
Leve leve a vida foi seguindo seu curso normal até que a chuva parou e voltou o calor com sol e muita estrela no céu. Só assim se poderia saber o que as estrelas reservariam a Ismael. Entre subidas e descidas das palmeiras, o rapaz ia ficando mais alegre, mais comunicativo, até aceitou ir dançar no terraço de Sam Bélhana um domingo em que o calor e a chuva apertaram por demais. E fez juras de amor. E bebeu cerveja e vinho palma, esse vinho que ele colhia lá no cimo da palmeira e que era o seu sustento e de sua mãe e que haveria de ser o de seus filhos. Sempre que trepava à palmeira seus olhos se deleitavam com a lonjura do horizonte e a verdura imensa da floresta. Profissão herdada de seu avô Timóteo e renegada por seu pai que tinha o presságio de que um dia algo o faria tombar no chão, o que veio a acontecer tinha Ismael doze anos. Mas nem isso o intimidou. E considerava-se o mestre dos vianteiros.

"Lá no cimo da palmeira eu vejo o céu de ponta a ponta." "O céu todo mesmo?" perguntavam incrédulos os amigos "O céu todo todo... até quase toco em estrela."

Como o invejavam, os que não subiam, os que tinham medo que um tombo os desfizesse no chão úmido e orduroso ou que a cobra preta os espreitasse sorrateira entre as folhas da palmeira. Não, ser vianteiro não é para qualquer um, é só para quem ama o longe e as miragens e sonha até que suas mãos podem tocar as estrelas.

A mãe deixou ir Ismael sem dizer palavra. Viu-o desaparecer na curva do caminho, alto, elegante, uma pele de ébano brilhante como carvão, um último sorriso entre o alegre e o triste. Que não adormecesse sem ele chegar para ouvir o que ele teria para lhe contar. Ela prometeu.

"Ele não volta mais não" asseguravam os mais velhos que o viram partir rumo a casa de Doló.

"Nem pensar! Volta sim." afirmava a mãe.

Quando a manhã chegou a Morro Peixe e Ismael sem aparecer, a mãe resolveu meter pés a caminho. Chamou o táxi do velho Dionísio, enrolou a um pano o pouco dinheiro que amealhara na última safra e que poderia servir para resgatar Ismael, caso fosse preciso. Mas não havia de ser...Doló não seria capaz de lhe roubar o seu amparo na velhice!

"Sam Dolóê... Sam Dolóê!"

Do velho casebre não houve qualquer resposta. Tudo se alvoroçou aos gritos da mãe. Como era possível terem desaparecido os dois, Sam Doló e Ismael? Dionísio, o taxista, prontificou-se para arrombar a porta, embora nem todos estivessem de acordo. Sempre Sam Doló respondia a quem chamava por ela, poderia até estar doente...

"Mas meu filho veio ontem para cá para saber seu destino nas estrelas."

Quando a porta caiu sob o peso dos ombros de quem a empurrou, nada havia a não ser duas estrelas a brilharem a um canto do quarto, muito aconchegadas uma à outra com um brilho de felicidade eterna.

O MISTÉRIO DA CASA DO MORRO

Ngê ká fulú bodon, ê ka da liba bodon
Quem brinca com o pau, com o pau se aleija

Angelina estava deslumbrada com os palmeirais de Porto Alegre! Aquela profusão de tons de verde, palmeiras entrançadas em coqueiros esguios e nobres que se elevam até à beirinha do mar onde com os ventos teimosos se curvam numa graciosidade que lhes dá aquele ar de oferta para as crianças treparem e apanharem os seus frutos ou beberem o seu coco *d'awá*, eritrinas que sombreiam o cacau e o café e oferecem as suas flores cor de laranja, caroceiros de um verde tão escuro como limos de rio...

Amigos e familiares queriam mostrar-lhe naquela manhã o sul da ilha já não com aquela opulência de outrora em que todas as roças estavam em plena atividade devido, infelizmente, a um trabalho escravo que não poderia continuar a ser exercido. E, no seu auge, Porto Alegre com as suas dependências produziu cacau, copra, coconote e óleo de palma. Hoje é uma sombra do que foi. Mas a ilha e a sua beleza estão lá, os areais, as árvores e a flores exóticas, as pessoas e o seu sorriso lindo e puro, as antigas casas coloniais mesmo degradadas lá continuam...

E Angelina com raízes ancestrais nesta terra queria ver de seus olhos os caminhos onde seus antepassados tinham colhido pão de côdea dura. Juntaram-se os familiares naquele domingo de setembro e com um bom piquenique a bordo do Hiace de 7 lugares, mas onde se meteram dez pessoas, o sul foi o destino há muito projetado.

Deslumbrante que foi ver o Pico Cão Grande envolto em nevoeiro a fazer lembrar um grande mistério, a praia Jalé e saber que durante a noite as tartarugas ali vão desovar esperando que os seus filhotes um dia deixem as suas pegadas no areal a caminho da mansão aquática.

Antes do piquenique, Angelina quis banhar-se nas águas cálidas de Porto Alegre. Perante os olhares de familiares e amigos, tirou a roupa, as sapatilhas e, acompanhada de todos os que a amavam, deixou-se acariciar pela mansidão daquele marulhar de águas que não pode existir em mais nenhuma outra parte do mundo.

E com a anuência de todos, mesmo com o fato de banho ainda molhado, Angelina entrou no Hiace com destino à Casa do Morro, baluarte arquitetônico de quem, no passado, aqui viveu uma página da História que ainda não foi dada a ler ao povo que nasceu neste paraíso. O transporte ficou a uns metros de distância e o resto do caminho fez-se a pé.

Angelina ficou perplexa com o que restava daquele património: havia ainda as louças da casa de banho em mármores de Carrara, a piscina donde se via uma paisagem de fazer perder o fôlego, algumas salas com restos de armários...

"Cuidado Angelina não toques em nada..."

Angelina sorriu. Não podia tocar porquê? Ali já não vivia ninguém...

"Mas ainda cá está o espírito de Sô Jacinto Yogo-Yogo!"

"Mas vocês acreditam nisso? Disparate!"

Ficaram horrorizados. Ela tinha o seu sangue, já longínquo, mas tinha. Neta e bisneta dos mais velhos que a acompanhavam demonstrava-lhes assim que a vida que ela e os pais levavam na velha Europa já nada tinha a ver com as suas tradições, os seus usos e costumes, as suas crenças. Então Angelina não acreditava em espíritos? Mas existem sim senhor...

"Não sabes o que tem acontecido a quem leva coisas daqui?"

Mas Angelina nem lhes dava resposta. Não estava minimamente interessada em saber de coisas tão irreais como o arco-íris entrar-lhe no quarto e pousar nos lençóis. De um rompante entrou numa sala, abriu a porta de um dos armários onde o pó de muitos anos já servia de cortina aos vidros. Abriu a boca de espanto. Uma travessa em porcelana da Baviera e uma chávena de chá da Vista Alegre tinha resistido ao vandalismo latente que logo a seguir à independência deveria ter tomado conta da Casa do Morro. Outrora local de lautos jantares em convívios orgíacos que eram conhecidos de norte a sul da ilha, assim se justificava que aquelas louças fizessem parte de espólio tão rico quanto opulento.

"Angelina cuidado! Sô Yogo-Yogo vem buscar o que você tirou!"

Outro sorriso sarcástico veio interromper a frase que primo Adérito cautelosamente lhe fez notar. Entenderam por bem começar a pensar no regresso até S. João de Angolares, o que ainda demoraria algumas horas. Além disso tia Sumares já devia ter o sôo feito.

Começaram a descer até ao local onde ficara o Hiace fechado à chave. Angelina quis trocar de calçado, trocar as havaianas pelas sapatilhas que deixara sob o banco traseiro. E eram sapatilhas de marca, do melhor que naquela altura se vendia em Portugal, Adidas. Tinha-as comprado antes de embarcar convencendo-se assim que, com os pés bem protegidos, nunca a terrível matacanha de que tanto lhe falaram em Lisboa se instalaria nos seus delicados pés.

Mas... desgraça das desgraças... as suas belas (e caras) sapatilhas tinham desaparecido. Angelina chorava e procurava por toda a parte, ela tinha a certeza que as tinha deixado ali, no banco traseiro e ninguém abrira o carro, pois todas as coisas estavam exatamente como as tinham deixado incluindo o saco de tia Amância que tinha lá dinheiro, conforme ela dizia. Procurou-se por tudo quanto era sítio dentro e fora da carrinha.

"Não vale a pena procurar mais", adiantou Avelino, o primo mais velho. "Sô Yogo-Yogo veio buscar coisa no lugar da outra quer minha prima acredite quer não."

Fez-se um silêncio sepulcral. Só as lágrimas de Angelina corriam banhando a travessa e a chávena de chá que ela tirara do armário da Casa do Morro.

ROSAS DE PORCELANA

Nôsentxi sá mó sègu
(Quem não sabe é como quem não vê)

Tudo faltava na nossa terra no início dos anos oitenta. De Portugal, chegavam familiares carregados de latas de leite em pó, açúcar, arroz, farinha, até cebola e cabeça de alho para suprirem as necessidades dos que estavam na terra. Havia uma escassez de produtos que, por razões económicas e políticas, não se encontravam a não ser na célebre loja dos cooperantes onde só as bolsas bem providas de divisas conseguiam entrar e sair de barriga cheia.

O preço da independência estava a pagar-se muito caro. Não havia quadros formados. Os portugueses esqueceram-se de que um dia teriam que cumprir o velho provérbio "quem faz filho em mulher alheia perde-lhe o gosto e o feitio". Por isso a maioria dos jovens, órfãos de cultura que o poder colonial privou, viam-se na necessidade premente de partir rumo sobretudo aos países de Leste que, na altura, órbitas da União Soviética, pululavam de dinheiro para oferecerem bolsas de estudo a quem delas precisava. Mas até aí, na escolha que deveria ser meticulosa e justa, havia afilhados e enteados, estes últimos a ficarem na ilha cheios de amargura por verem partir os outros que ao regressar exibiam o tão sonhado diploma. Só que o país não tinha ficado com estruturas económicas para tanto jovem recém formado, recém licenciado e a debandada voltava a ter lugar no pequeno aeroporto em dia único de Santo Avião, uma vez por semana.

Mas o povo continuava a crescer tanto em população como em necessidades básicas e por isso eram precisos médicos, enfermeiros, técnicos, professores... Foi assim que Maria Emília Matos, solteira, trinta e dois anos, professora do 2º e 3º ciclos chegou como cooperante às ilhas do chocolate. Vinha cumprir um sonho. Prometera ao santo da sua devoção uma vela do seu tamanho se o lugar a concurso lhe coubesse em sorte. E coube mesmo.

Numa pressa despediu-se dos alunos da sua pequena vila no Alentejo, limpou as lágrimas à mãe que não conseguia conformar-se com escolha tão repentina e tão urgente. Mas Emília há muito tinha decidido sair do seu pequeno torrão natal e correr mundo. Tal como o pai que, após o seu nascimento rumara a terras brasileiras de onde nunca mais voltara nem dera notícias, também ela herdara no sangue o gosto de aventura. Aliás é o *karma* do povo lusitano, andar sempre de malas na mão desde que a primeira caravela se fez ao mar e regressou carregada de especiarias!

E aí estava ela a deslumbrar-se com a ilha para onde o Ministério da Educação e o Instituto Camões a enviaram para dar aulas de Língua Portuguesa. Tudo o que os seus olhos viam e os seus dedos tocavam nada tinha a ver com o que conhecera do outro lado do mar: gentes, usos, costumes, cheiros, sons, estações do ano... mas o que a extasiava verdadeiramente era aquela floresta úmida, exuberante, única, carregada de tantos tons de verde, perfumes raros e flores exóticas como ela nunca vira nem imaginara que pudessem existir em alguma parte do mundo.

Sempre tivera uma paixão por flores. No seu pequeno jardim, em Portugal, a mãe cultivava rosas, cravos, dálias, gladíolos e agora achava-os tão insignificantes, tão humildes, tão simples ao lado de caládios, bicos-de-papagaio, hibiscos de cores impensadas, antúrios, rosas de porcelana...

"Como é o nome da flor?"

"Rosa de porcelana, dona!... Portugal não tem não?!"

"Não, lá não tem..."

"*Kê! Kwá!...*"

Os olhos de Emília eram pequenos demais para absorverem o deslumbramento daquela flor de cor partilhada em tons de rosa e vermelho vivo que se expandem na imensidão de pétalas que leve leve, numa cadência de ave, se vão abrindo, qual leque de palmeira em tempo de *gravana*.

No seu apartamento, uma casa pequenina que alugara com outra colega em Fruta Fruta, nunca mais faltou uma jarra com flores donde se destacavam sempre, entre muitas outras, uma meia dúzia de rosas de porcelana. Nas longas cartas que escrevia à mãe, que naquele tempo ainda o e-mail e o celular eram uma miragem, sobressaíam sempre entre as descrições fabulosas sobre a terra a exuberância pródiga do mundo das flores. Nelas também se dizia admirada, chocada mesmo, pela quase indiferença do povo santomense pelo paraíso floral que ali desponta e que serve não só para alimento dos olhos como para alimento da alma.

Foram muitos os domingos em que com outros colegas e guias santomenses se embrenhou por esses matos fora na esperança de encontrar sempre e cada vez mais flores. E foi encontrando... em escarpas à beira mar, em areais, em roças abandonadas à sua sorte, resquícios de flores outrora cultivadas para gáudio da natureza que sozinha se recompôs e alastrou por onde muito bem quis e lhe apeteceu. E a comprová-lo os tufos enormes de begónias gigantes, buganvílias de cores exóticas, orquídeas raras que na velha Europa ela vira apenas às portas das floristas a preços exorbitantes...

Fim de missão. Após dois anos ininterruptos de vida em S. Tomé estava na hora do regresso à sua terra do Alentejo. Ainda solicitou ao Ministério o prolongamento da atividade nem que fosse só por mais um ano... o seu sonho ficaria quase completo, mais um aconchego à ilha que não queria deixar. Um ténue fio de esperança alimentava-a enquanto, por cautela, ia fazendo as malas e encaixotando lembranças. Por fim veio a resposta. Acutilante, dolorosa, injusta, segundo ela, pois seria difícil encontrar outra professora que amasse tanto aquele torrão de apenas mil quilómetros quadrados.

O contrato chegara ao fim e chegara mesmo. Uma carta escrita à pressa para a mãe dava conta de que "o avião chega às cinco da tarde. Por favor esteja à minha espera. Já sabe que apenas lhe levo, como prenda, rosas de porcelana, a joia mais linda e rara que aqui encontrei."

Foram muitas as lágrimas. Não só as suas mas também as dos alunos...

"Professora quem vai dar aula a nóis?!..." "Tem mesmo que ir? *Kê Kwá!*"

Até das vizinhas, mesmo as mais intrometidas "Mimiê! (era assim que a chamavam) *vai ku dêsuê!*"

"Mimiê...não esquece nóis *nãoê!*... vai embora assim..."

"Nóis fica aqui *kum mixidadji!* Por favor volta e traz lata di leite pá criança."

"*Mixidadji lentlá tela non.*" — grita Sam Quirina a mais velha de Fruta Fruta

Abraços de silêncio, promessas de regresso mesmo sem saber se as poderia cumprir, gestos tristes de mão a desaparecerem na curva da estrada...

Emília contratou o táxi de Sum Garrido que a levou ao aeroporto onde alguns alunos e amigos a esperavam com mais rosas de porcelana. De tal forma que a hospedeira lhe fez a gentileza de colocar o ramo num banco ao fundo do avião.

Eram cinco da tarde quando chegou a Lisboa. Cansada mas sobretudo triste, muito triste. Apenas um sorriso de triunfo quando os olhares se voltavam para o grande ramo de rosas que docemente apertava contra o peito. Como se apertasse a ilha. E de soslaio, ela via bem a admiração e o espanto que as rosas provocavam.

Entre a multidão a mãe acenava numa alegria esfusiante de quem tinha cumprido um dever, uma obrigação. Na mão direita segurava uma caixa grande de cartão forrada a pano e na esquerda um saco com umas quantas embalagens de algodão para embrulhar com todo o cuidado as tais rosas de porcelana.

... Não fossem elas quebrar!

A PROFESSORA DA FRONTEIRA

Sêbê na ka kupá lugé fa
O saber não ocupa lugar

    Ainda as pitangas estavam empoleiradas na árvore-
-mãe. Naquela graça de fruto arredondado e gomoso em que o vermelho, o laranja e o amarelo se entrelaçam em diálogos de brilho intenso sempre a chamar as mãos pequenitas das crianças que as devoram a qualquer hora do dia. Árvore exótica trazida de muitos longes por onde se perdiam os aventureiros lusos faz hoje parte da nossa floresta, quintais, jardins públicos mas além dos frutos apetecíveis
    o que ela tem de mais belo é o nome que a ciência lhe dá a fazer lembrar nome de mulher — *Eugénia Uniflora*.

Pois quem quer que fosse aquele homem, devia ter ainda espírito de criança. Ao mesmo tempo que disse "bom dia... dá licença?" entrou o portão do quintal e com ar familiar foi estendendo o braço direito e colhendo pitangas como quem faz parte da família que visita. É tão natural, sobretudo na roça, as pessoas chegarem e conversarem sem formalidades de apresentação que por isso o nosso país é um lugar onde, por graciosidade, se diz que somos todos primos.

Maria de Lurdes Figueiredo, mais conhecida por Dona Lulu, não o reconheceu à primeira vista. Na sua frente estava ali um homem alto, elegante, cabelo curto, frisado, olhos grandes, expressivos que gostosamente ia comendo pitangas e sorria. Trazia roupas que indicavam que vinha de longe. Aproximou-se da cadeira onde Dona Lulu preguiçava segurando nas mãos uma revista já ultrapassada e voltou a sorrir. Não foi reconhecido de imediato pela antiga professora esquecendo que durante mais de trinta anos teriam passado pelas mãos de Dona Lulu muitas centenas, se não milhares, de jovens, cada um com seu rosto, atitudes e aproveitamento diferentes! Como reter então apenas um rosto? Sobretudo naquelas idades jovens em que a cada dia que passa os rostos se vão modificando!!

"Meu nome é Juvenal Boa Morte, Professora!"

"Juvenal Boa Morte?" repetiu num tom evasivo tentando que o cérebro lhe devolvesse na retina a imagem antiga de quem tinha ali na sua frente

"Professora eu sou o Ju, o Bega Txintxi...como me chamavam no liceu" esclareceu mais peremptório.

Ficou em suspense. Os olhos fixos na antiga mestre, os braços a quererem estender-se mas sem saber bem se os haveria de estender ou não.

Dona Lulu levantou-se, pousou a revista no corrimão da varanda de madeira da sua casinha da roça, esboçou um sorriso e estendendo-lhe os braços disse bem alto:

"Malandro! Você foi sempre malandro, Bega Txintxi..."

Mas Ju estava tão feliz que só ria como outrora tinha rido nas carteiras do Liceu Nacional. Por breves instantes viu Dona Lulu jovem, encostada a um dos cantos da secretária e com muita doçura na voz ia dizendo "Atenção, vamos lá repetir o presente do verbo "avoir" para fazerem frases completas" e eles ("eles" era Ju e o seu inseparável amigo e companheiro de carteira, Laureano, apenas conhecido por Lau) a rirem a bandeiras despregadas sem se conseguirem controlar. E numa troça iam dizendo baixinho "*jé... tu ás... nous* aviões... elas *avons...*"

Após as chamadas de atenção da professora, os dois malandrecos comentavam baixinho

"mas para que serve falar francês? Tu sabes? Eu não!"

"Eu também não!"

Mais risada forte e no final do ano quando Dona Lulu lhes lembrava o motivo de estarem com negativa a francês encolhiam os ombros e voltavam a rir-se, mas desta vez com a mão na boca e já depois de se despedirem da professora.

"Achas que precisamos do francês para alguma coisa?" era esta a pergunta sacramental de Ju à qual Lau só respondia "eu acho que não! Dizem que agora só se fala inglês em qualquer país estrangeiro, então..."
E foi assim até ao final do liceu. Todos os anos a mesma coisa e sempre o mesmo conselho da professora "Meninos, o saber não ocupa lugar. Atenção, vocês não sabem o dia de amanhã!".
Um dia, Isolindo, um dos mais indisciplinados da turma, arriscou quase em tom de chacota.
"Nós só precisamos de saber falar inglês mais nada. O francês já não se usa, professora...".
Fez-se silêncio na sala. Rapazes e raparigas olhavam incrédulos para aquele colega num misto de receio e admiração. Sim, porque naquele tempo mandar assim uma boca daquelas à professora, que por sinal era a bondade em pessoa, era arriscado. Mas Dona Lulu com um sorriso nos lábios respondeu a Isolindo "Tens razão, Isolindo, mas tu sabes o que será o teu futuro? Vocês querem todos sair da terra. Eu só ouço que querem viajar, ter uma bolsa de estudo, ir pela Europa conhecer monumentos, cidades... então como se vão fazer compreender? Há muitos países onde se fala francês..." e, com aquela suavidade que lhe era tão peculiar, continuava "Por exemplo Paris... a cidade- luz... ora que língua se fala em Paris? francês claro! E, quem sabe, podem até arranjar trabalho em França, e então..."
Era sempre a mesma coisa, depois das aulas de francês, que eram as últimas do horário escolar uns mergulhinhos na praia PM, umas beijocas na primeira namorada, o assalto aos quintais onde houvesse *sape-sape* ou

pitangueiras carregadas e os estudos iam ficando para trás.

Num instante a vida a mudar de rumo, a independência, a euforia da partida, a procura incessante de trabalho, o êxodo finalmente. E Ju seguiu na correnteza do sonho. Talvez que os tios que viviam em Lisboa lhe arranjassem trabalho. E voltaria rico, quem sabe? Sempre a mesma utopia em todos nós...

Ficou na Cruz de Pau. A mãe pediu ajuda a Lizandro, seu irmão mais velho, que já vivia em Lisboa desde setenta e sete e devia ter bons conhecimentos... O rapaz tinha estudos, havia de saber fazer qualquer coisa. Viveu num sofá durante alguns anos, que a casa dos tios era mais pequena que o galinheiro que a mãe tinha no quintal. Como se podia viver assim? E lá na terra ele a imaginar que tio Lizandro vivia numa casa grande, cheia de casas de banho e televisores até no quarto e na cozinha. Mas afinal a realidade era bem diferente.

Arranjou uns biscates, ou melhor, arranjaram-lhe. Fez de tudo, eletricista, varredor, canalizador, limpa--chaminés, até tomou conta de uma vizinha velhota que era da terra e estava agora em cadeira de rodas... Uns biscates sempre iam dando para comer, vestir e ajudar os tios com alguma coisa para a renda da casa.

Mas como sobreviver num sítio daqueles? E se quisesse arranjar mulher, como fazer? Quem o quereria numa situação daquelas? Soube, pela mãe, que Lau estava também em Lisboa. Através do tio e de um amigo conseguiu localizá-lo. Fizeram festa juntos, festa grande à moda da terra, comeram *kalulu*, cantaram canções dos Untués, dos África Negra, dos Sangazuza e beberam cerveja até os pés e as pernas tremerem tanto que ali ficaram de borco mesmo no bar de Sum Jójó, outro santomense a tentar a vida na cidade onde desaguam todos os sonhadores.

Começaram a andar juntos, sempre era mais fácil, nestas coisas de distâncias da terra, um conterrâneo que se encontra é uma bênção de Deus. E tanto que foi que os dois combinaram ir por essa velha Europa à procura de trabalho. Sempre haviam de arranjar. Juntaram escudos e mais escudos, que naquele tempo o euro ainda era uma miragem e foram de autocarro até Paris e de lá até Lausanne onde um conterrâneo os esperava. Mas na fronteira franco-suíça os dois africanos, os únicos a viajarem para tais paragens, foram obrigados a descer, a mostrar os bilhetes, o passaporte, as malas... tudo bem mostrado, tudo bem explicado. Ui... e agora? explicado como?

"Como?" — troçou o motorista que era português e estava habituado a ver estas aflições dos africanos — explicado em francês... aqui nesta zona da Suíça só se fala francês...

Os dois amigos entreolharam-se num misto de pânico e piedade. Então Ju, mais conhecido no Liceu Nacional por Bega Txintxi, foi puxando pelos cordões da memória e fazendo frases com o tal verbo "avoir", com o "être", com o "travailler" para dizer que ambos já tinham trabalho e que tinha ali o endereço do primo que vivia em Morges. Lau chorava feito criança. Mas Ju continuou a esforçar-se por se lembrar do pouco que tinha aprendido nas aulas de Dona Lulu e as frases iam surgindo de tal modo que o polícia teve a gentileza de telefonar para o tal número do familiar que estaria em Lausanne à espera dos dois amigos. Afinal deu tudo certo! Ufa! Assim a viagem prosseguiu entre lembranças da professora e o pavor de uma língua que a partir daquele instante era a deles. Só falando-a conseguiriam sobreviver. E Ju sabia que não queria voltar a Portugal.

O país helvético afinal deu-lhe tudo — uma companheira maravilhosa, africana como ele, dois filhos lindos e a certeza de que o saber não ocupa lugar. Por isso naquela tarde, ao fazer aquela romagem de saudade à terra onde nascera, estava ali.

Venho agradecer à Professora o que me ensinou! Dona Lulu ficou até sem graça.

Tu, Bega Txintxi, vens agradecer o quê?!

O que me ensinou de francês. Foi o que me valeu na fronteira da Suíça!

Ah! Só aí te lembraste de mim?

Pois... — a voz embargou-se-lhe — isto é para a professora... Estendeu-lhe uma caixa grande, retangular cheia de imagens de montanhas com picos cobertos de neve onde no sopé pastavam vacas com sinetas coloridas penduradas ao pescoço. Lá dentro os célebres chocolates da Suíça que fizeram encher de lágrimas os olhos de Dona Lulu. Abraçaram-se muito.

E a tarde estendeu-se entre bombons trazidos de longe, recordações de travessuras do tempo do Liceu Nacional e a gratidão de um jovem que só na fronteira se lembrou que afinal o saber não ocupa lugar. Aliás, nunca ocupou.

GRATIDÃO

Tudu plamá, tê tádgi dê
Todo o amanhecer tem a sua tarde

Quase anos vinte. Fim de uma guerra que deixou vários países na mais triste situação que do social ao moral se desmoronou como baralho de cartas em mãos de jogadores afamados. Famílias destruídas, humilhadas, crianças desprovidas de futuro... que melhor para aquele jovem que rumar a terras do cacau onde seu tio e padrinho tinha futuro promissor?

Desembarcou no dia 20 de dezembro de 1919 e ficou de imediato tão embasbacado com a beleza da ilha que só repetia "Tio, isto existe mesmo?"

"Então não havia de existir, meu sobrinho? Como ficou a sua jovem esposa?" Ah! Sim... Maria Helena ficara num pranto enorme naquela casa grande da Rua do Ouro em Lisboa. Valia- lhe a companhia dos pais e das duas empregadas, a Julieta que a trouxera ao colo e a Deolinda, muito mais jovem mas que a acompanhava para todo o lado. Agora não. Agora Maria Helena trancava-se em casa, mais propriamente no quarto, não queria ouvir conselhos de ninguém nem mesmo do pai que ela tanto amava e respeitava mas a quem atribuía a culpa da partida do homem com quem casara por amor. De mais a mais com a criança no ventre fazer uma coisa daquelas, incitar o genro a ir para as Áfricas onde ela nunca iria nem que lhe pagassem. De África ouvia dizer que homem que para lá fosse ficava encantado com as mulatinhas e nunca mais voltava. Não, ir para África, não!

Casada há pouco mais de um ano, ainda se sentia noiva, uma noiva que, perante a miséria que estava agora a rondar a abastança que sempre a envolvera, teve que ceder à partida do seu homem para assim conseguirem equilibrar as lojas de comércio da Rua do Socorro, as quintas de Xabregas e Torres Vedras e os dois prédios da Almirante Reis que o pai hipotecara ao Banco para fazerem face à fome que até essa lhes começava a espreitar à porta. E uma família daquelas, cheia de efes e erres, brasões e sobrenomes sonantes, não queria ver-se assim, desprovida de pecúlios que a sorte ou as heranças lhe tinham depositado nas mãos.

O jovem, pois com vinte e sete anos era mesmo jovem, alto, esbelto, elegante, de ascendência minhota mas a viver na capital do ainda reino dos lusos, chegou com uma mala carregada de sonhos como qualquer outro europeu que na terra longe ouvia dizer como eram ricas aquelas ilhas onde o cacau era a moeda de pagamento e o ouro com que se encheria dentro de poucos anos. O tio, irmão mais velho de seu pai, administrador conceituado na grande roça de Água Izé e já dono e senhor de muitas roças, prometera ao irmão um bom posto para o sobrinho na Roça Ubabudo Praia pois que laços de grande amizade o ligavam ao seu proprietário. Deste modo, com tudo a seu favor, após missão cumprida, o seu sobrinho voltaria feliz para junto da esposa e do filho que havia de nascer em breve.

Mas as ilhas, ai, estas ilhas, têm uma magia inexplicável, um sortilégio que só aos deuses é permitido desvendar, um encantamento de que só este povo sabe o segredo e assim José Maria da Cruz Albuquerque e Brito, o nosso jovem, se enredou nas mesmas teias do amor não só da ilha mas dos requebros sensuais e libidinosos que nunca imaginou que pudessem existir... mas existiam! Estavam ali todas as noites, todos os dias... um sorriso, um roçar de ancas, um corpo de seda, ébano, um corpo com sabores a canela e a açafrão que por instantes lhe fazia olvidar a outra, a que sofria em Lisboa, a que lhe escrevia todas as semanas, em papel fino e perfumado, extensas cartas de amor sempre acompanhadas da foto do seu rebento que ele havia de conhecer e de amar.

Mas o tempo e a distância iam apagando os traços daquela escrita regada com muitas lágrimas, pois que a elas se sobrepunham as horas tórridas de paixão e furor de abraços, beijos, mãos suadas, palavras dolentes, arrastadas... Uma entrega que lhe preenchia totalmente os dias e as noites até deixar apenas uma réstia de luz na cidade longínqua esventrada pelo Tejo que José da Cruz, como gostava de ser chamado, dizia agora não ser tão belo como o Rio Água Grande! E por amor a Jacira, bela como o pôr-do-sol em tardes quentes, tão bela que quando a viu exclamou "linda como uma princesa", a quem ia enchendo de filhos e de oferendas, o nosso jovem foi ficando, ficando, ultrapassando as ameaças da esposa que agora já sem lágrimas, praguejava, amaldiçoava, prometia vingança.

Jacira tinha nascido no sul em terras de Angolares, mas veio criança para Ubabudo Praia para casa de sua tia Antónia a viver com o velho roceiro Lima Duarte. Senhora de uma rara beleza e alguma instrução pois que seu pai a enviara para Lisboa onde, num colégio religioso aprendera o que uma menina daquele tempo devia aprender, Dona Antónia tomara também conta da sobrinha a quem transmitia sabiamente os ensinamentos que aprendera na capital portuguesa.

E foi aí, numa tarde de grande convívio que José da Cruz vira aquela jovem e de tal modo se encantara que depressa esqueceu o compromisso que, segundo as leis da igreja, teria que cumprir até ao fim dos seus dias. Mas Jacira valia tudo, era bela, muito jovem, instruída, uns olhos esverdeados a darem-lhe uma reminiscência exótica de antepassados de outros continentes a sobreporem-se na sua pele de ébano.

Foi uma história de amor. De um grande e louco amor. Das mais belas histórias de amor de que há memória nas ilhas. Por Jacira José da Cruz desbravou matos, derrubou florestas, trabalhou arduamente para encher a "sua Princesa" de roças, joias, roupas caras. Num ápice era dono e senhor da Pinheira, Angolares, Vila Verde, Nova Olinda, Trás-os-Montes, Bom Retiro, Novo Brasil, Praia Grande..., roças que lhe foram dando uma riqueza monetária fora de série. Com ela aliviou também seu sogro a quem deu ordens de comprar quintas no Ribatejo e vinhas no Alto Douro. E desipotecou-lhe as duas casas de Lisboa.

Mas os filhos foram aparecendo em catadupa e José da Cruz tentava de uma vez por todas passar uma esponja no passado. Prometeu até a Dona Antónia casar com sua sobrinha.

"Casar?" — perguntou-lhe o tio que um dia o chamou à razão. — "Como casar, se és casado em Lisboa?"

Casado e bem casado pelo civil e pela Santa Madre Igreja que, tal como hoje, continua a ter uma força e uma prepotência inigualáveis. O que se faz pela igreja é sagrado, nunca se pode desunir. Só isso fazia por vezes que José da Cruz ficasse pensativo, o que deveras afligia Jacira

"*Sioro* tá triste hoje né? Jacira faz *mind'jan pá sioro.*"

"Minha princesa, eu...." — parava por momentos e o enleio esmorecia — "eu tenho que ir a Lisboa... mas volto... sabes, os negócios, o cacau... os ingleses..."

Em torrente vinham os choros, baixinho primeiro, mais alto depois, os rogos, que não, que não fosse embora, os quatro meninos, a menina, o que seria deles sem pai? E ela Jacira já com 29 anos e cinco filhos, quem quereria mais ela? Mas as promessas vinham com calma, com convicção. Ele voltaria sim, levava até o menino mais velho, José Inácio, como o avô e o pai, e a *kodé*, Josefa Alice, a juntar o seu nome no feminino ao da avó paterna que nem sonhava ter uma neta sua homónima mas com outra cor de pele. Os outros três ficavam com ela. Ele voltaria.

Com cautela, para que nunca o desgosto matasse a sua princesa, a mulher que durante mais de uma década lhe deu amor incondicional e uma enorme família, José da Cruz rasgou e queimou a carta que semanas antes recebera de Portugal. Nela o sogro lhe tecia a maior das ameaças — ou regressava para casa da mulher e dos sogros ou nunca chegaria a ver o filho. E mais, o sogro passaria todos os bens para nome do herdeiro. Assim, mesmo que um dia regressasse na miséria, morreria na miséria que aquela família fechar-lhe-ia as portas para sempre. E, em tom de aviso sério e conselho sábio, informava-o que dentro de dias o paquete Pátria faria escala em S. Tomé com rumo a Lisboa.

Mas na voz de Jacira passou a haver muita mágoa, pressentimento de mulher a quem prometeram e juraram amor eterno e que agora servia de chacota perante as vizinhas da roça Praia Grande onde vivia.

"Você já devia esperar por isso...branco é assim!"

"Você tem muita sorte viu! Se ele levar os dois meninos...

"Um dia seus filhos voltam com papel de doutor na mão!"

"Minha filha bem mais nova que você ficou com quatro filhos e pai deles não voltou mais não..."

"Minha filha, todo o amanhecer tem sua tarde..."

E com este consolo sábio de Sam Zêfina, sua outra tia que lhe tomava conta das crianças, Jacira começou a antever que o seu destino seria igual ao de tantas outras mulheres que após se dedicarem de alma e coração ao colono, ficavam no desespero de filhos sem pai e na solidão das noites equatoriais da ilha crioula.

Numa tarde de calor tórrido, José da Cruz meteu a família toda no jipe. Jacira e as crianças atrás, ele e seu tio à frente. Rumaram a muitos quilómetros dali. Sem uma palavra todo o caminho. Notava-se que havia uma certa tristeza no ar. Apenas o zum-zum das crianças cheias de alegria quais abelhas a sugar o néctar das flores.

Chegaram a uma propriedade bastante grande contornada com pés de margoso a que um portão de madeira dava um certo ar de privacidade. Havia uma casa de estilo colonial, um quintal e ao redor eram muitos os pés de bananeira das mais variadas qualidades — banana-pão, banana-prata, banana-maçã, banana-ouro, mais além mandioca, papaias, safuzeiros, algumas fruteiras e muitos milhares de pés de cacau. A perder de vista.

À entrada, quase junto à casa, uma belíssima jaqueira ostentava, orgulhosa, a caterva de frutos espalhados pelo tronco. Ao fundo do terreiro as casas dos trabalhadores borbulhavam de adultos e crianças.

Parou o jipe e saíram todos. Entre gritos de alegria e brincadeiras infantis os miúdos começaram a correr desordenados como quem sabe que aquilo lhes pertence. Num abrir e fechar de olhos as crianças já se riam com os outros miúdos. Jacira estava especada ainda encostada ao jipe olhando tio e sobrinho sem saber o que pensar, o que dizer. Qual o motivo de estar naquele sítio?

"Gostas, minha princesa?" — a pergunta saiu-lhe desajeitada.

Ela não respondeu. Naquele instante fez-se luz no seu espírito. Começou a andar, a caminhar sem norte, a gritar pelos meninos, a correr entre o cacau até que José da Cruz a agarrou nos braços, a apertou, a beijou ali mesmo diante das crianças, do tio que discretamente virou o olhar, do velho Bernardino e de Miala, sua companheira, a quem contratara para ficarem a tomar conta da roça. Por respeito foram-se afastando até que os dois ficaram sozinhos no cacauzal. Então José da Cruz jurou, jurou pelo pai, pela mãe, pelos filhos, que voltaria. Não podia dizer quando, mas voltaria. Levava dois meninos, o mais velho e a mais nova. Iriam estudar, tirar um curso. Ela ficaria ali a viver, na roça que ele lhe comprara e que já pusera em seu nome. Tinha área suficiente para ela sobreviver até ao seu regresso. O cacau estava a bom preço e o tio comprometeu-se a ajudá-la não só no negócio do cacau mas de outros frutos que tinham boa venda no mercado da cidade. Ela, a mãe dos filhos de seu sobrinho José da Cruz, agora um dos homens mais ricos de S. Tomé, nunca seria *palaiê*. Alguém se encarregaria disso. As outras roças ficariam a ser geridas por seu tio que entregaria o dinheiro dos lucros a Jacira.

Num rasgo de ânimo pediu a Jacira que lesse o que ele mandara escrever na entrada da propriedade agrícola — Roça Gratidão — sim, era esse o sentimento que queria perpetuar perante a mulher que ele adorava mas que sabia que não mais voltaria a ver.

"Por tudo quanto por mim fizeste, eu dei o nome a esta roça de Gratidão. Oxalá assim perdure pelos tempos fora a minha prova de amor por ti."

Maior que a amizade, maior que a ternura, maior que o amor, a gratidão é o símbolo perfeito de tudo o que um ser humano pode fazer pelo outro. Sem esperar nada em troca. Enquanto outros sentimentos esmorecem ou morrem, a gratidão é e deve ser eterna.

A noite caiu serena na roça. Apenas o chiar da porta da casa grande percebeu o drama que ali acabava de se desenrolar.

A roça ainda lá está. Bonita, exuberante, bem tratada, vê-se que está em boas mãos. Com o mesmo nome. Gratidão.

A ILHA DOS SANTOS

Kwá ku a ka xiná ngê, êlê tem tóka xiná ôtlô ngê
O que te ensinam, deves ensinar aos outros

Horácio Filimone está velho. Muito velho. Velho não — diz ele a gracejar — gasto! Pois é, mas, se está gasto como afirma, a sua memória está bem viva no contar e recontar de histórias que lhe foram passajando a vida que nem sempre foi fácil. Chegado de Moçambique nos anos 30, muito criança ainda com sua mãe e avó Sistina, o destino de contratados atirou-os para a Colónia Açoreana, naqueles tempos, uma das maiores roças produtoras de cacau. Como os emigrantes atuais que buscam noutros pontos do planeta o ganha pão para sobreviverem com mais alguma dignidade, assim sua mãe e sua avó deixaram a pequenina aldeia onde viviam, nas margens do Zambeze, convencidas que nas ilhas de S. Tomé iriam encontrar o que nunca tinha tido em Moçambique. Uma ilusão apenas, nada mais.

"Foi erro grande que minha mãe fez" — lamenta ainda hoje — "mas agora já não há remédio..." E percorreu muitas roças. Muitas dependências. Primeiro às costas da mãe e da avó. Depois rapazinho já feito começou a saber as agruras da vida. E teve todos os trabalhos. Desde apanhador de gita no mato a cozinheiro, de carpinteiro a plantador de café, de guarda da Casa do Administrador a jardineiro, Horácio Filimone viveu e presenciou histórias que hoje guarda religiosamente no cofre das lembranças.

"Eu tem um mundo de *sóya* aqui no cabeça a *estragá*..." — diz com certo orgulho...

"Era no tempo da *gravana*, chuva pouca, então avó Sistina sentava no banco de pau *kimi* no quintal e entretinha o tempo todo todo a desfiar coisa que ninguém sabia... só ela!

E vinha criança, muita criança de *luchan* mais longe e faziam todas roda graaannde e avó se sentia feliz muito en dona...

Agora... kê dona!... agora não tem mais roda não, *en*! agora só se dona quiser ouvir *di* mim..."

E Horácio passa horas infinitas a contar vivências do seu tempo de infância pois que o viveu nas ilhas como se aqui tivesse nascido. E aprendeu a língua de cá. E esqueceu a outra que falava com sua mãe e sua avó que, até ela, passou a falar língua da terra.

De repente faz um interregno. Sabe sempre bem um copo de cacharamba pelo meio. E vai mascando cola. Para enganar o tempo e a fome. Que agora já não tem. Teve no tempo de contratado. Fuba com bicho, muita fuba com bicho. Apesar de tudo foi muito amado, como ele afirma, e reforça o verbo amar com uma alegria que se lhe vê no brilho dos olhos. Pois, muito amado, que a esposa do administrador da Água Izé o mandou para a escola para aprender as letras e os números. Mandou-o para a escola do mato onde aprendeu com muita facilidade, pois, além de ser o mais velho, era o mais aplicado. Mas não foram nem as letras nem os números que deslumbraram o nosso amigo Horácio Filimone. O que deveras o extasiou foi aprender os nomes dos rios, das serras, das cidades, saber que Portugal tinha nomes de cidades que o faziam sonhar, que Cabo Verde ficava longe, longe e tinha aquelas ilhas todas... dez, vejam bem, dez e quase todas com nomes de santos: Santo Antão, São Vicente, Santiago, São Nicolau, Santa Luzia... Como era possível? Aos sábados, à meia tarde, Dona Maria Eugénia, a bondosa esposa do administrador, o chamava à varanda da sua casa senhorial e ali o fazia repetir tudo o que tinha aprendido.

"Ter um guarda sim," — dizia Dona Maria Eugénia às amigas "mas com alguns conhecimentos, dá outro estatuto."

E assim foi que Horácio da nossa história foi vivendo e sobrevivendo adocicando e melhorando a vida de contratado que ele dizia "é como a de escravo só que tem mais um pouco de açúcar, muito pouco..."

Os anos rolaram. Já na casa dos trinta resolveu ter mulher de portas adentro pois "ouvir criança em casa

é coisa linda". Talvez por ter sido filho único sentisse essa solidão. Se sentia mesmo fez a vontade ao seu sentimento. Com Celizene juntou os poucos trapos que tinha. Gostou dela muito até porque ela era de Cabo Verde, a tal ilha dos muitos santos que ele tinha aprendido na escola do mato. Talvez assim um dia pudesse ir ver de seus olhos tanta ilha e tanto santo...
    Mas o sonho de deixar S. Tomé concretizou-se quando menos já esperava. Finais de anos setenta. Viveu a independência. Ou antes festejou-a. Rodopiou ao som de todos os conjuntos da ilha, bebeu caxaramba até cair de bruços na estrada de Água Arroz onde morava, dançou, cantou e confessa que gritou bem alto: "filho de colomba vai embora! Nós queremos tela *non*..." Hoje diz que se arrependeu, pois ele também não é da ilha. Mas se cá viveu sempre...
    A euforia foi por demais. Todos queriam sair, ir conhecer outras terras, outros mundos. Horácio nunca tinha viajado, apenas em criança e de uma forma cruel. No porão de um navio do qual esquecera o nome e para nunca mais fazer viagem de regresso. Agora seria diferente, pensava. Tinha algum dinheiro, não muito, sempre fora um homem poupado, portanto devia dar para ir até Lisboa! Ui, ui... Lisboa... Só branco rico de roça grande contava maravilhas de Lisboa e até dizia "lá os passeios das ruas estão cravejados de brilhantes e toda a gente tem um carro grande!" Sim, agora o seu país era independente e ele ia viajar. Ia ver de seus próprios olhos o que lhe ensinaram naquela escola do mato já tão distante.

O primeiro golpe recebeu-o quando lhe disseram na agência de viagens que aquele dinheiro ali em cima da mesa dava apenas para uma pessoa viajar. E só ida. Não poderia portanto levar a sua Celizene, que apesar de se ver trocada por uma multidão de catorzinhas com quem ia procriando, continuava a ser a primeira dona do seu coração. Mas ela pouco ou mesmo nada se importou. Assim até era melhor. Ele ia e ficava na Cruz de Pau em casa de seu irmão Belmiro e assim ela o sabia bem amparado. E logo logo voltaria para junto dela e dos filhos. Quando pudesse. E Horácio aceitou o conselho da esposa. O sonho sobrepôs-se ao amor!

Só que o destino troca sempre as voltas aos sonhos. Horácio extasiou-se com as luzes da capital portuguesa quando o avião a começou a sobrevoar. Ria de tal forma que até alguns passageiros se sentiam incomodados. Agora já percebia o que dizia patrão de Água Izé... toda a gente é rica... toda a gente tem carro... Pudera... se há tanta luz!

À sua espera estava Belmiro Semedo, irmão de Celizene. O caminho até ao bairro percorreu-o de autocarro e achou uma maravilha a culminar com um bom arroz de feijão que estava preparado para lhe dar as boas vindas. Dormiu encolhido num pequeno sofá na mesma sala onde acabava de se deliciar com um copinho de vinho tinto português.

Mas Horácio não esqueceu que foi sempre homem do mato. Viveu sob a copa frondosa das eritrinas, dos safuzeiros, das mangueiras, teve sua casa sombreada de bananeira e pau sabão, sua jaqueira e fruteira para sustento quase diário até lhe roçarem o zinco da cobertura, como era possível estar numa cidade daquelas? Onde estavam as árvores? Seria possível viver sem fruta-pão? Sem safu? Sem sape-sape?

Que cidade e que gente com hábitos tão estranhos... E o frio ainda não tinha chegado...E onde estavam os passeios das ruas cheios de brilhantes?

A amargura começou a rondar-lhe o coração. A casa onde, por esmola, residia, era de seu cunhado, irmão de Celizene, uma barraca pestilenta onde sentia que estava a mais. Pois ela já era pequena para três pessoas, quanto mais para quatro. Ainda pensou em arranjar trabalho. Mas quem iria ali precisar de capinador de terreiro de roça? Pediu para lhe arranjarem bilhete de regresso. Que nada! Onde tinha ele dinheiro para tal?

Naqueles anos só a TAP operava para as ilhas de S. Tomé a preços exorbitantes. Era a única, dona e senhora do ar equatorial. Então Horácio resolveu andar de porta em porta a oferecer serviço. De limpar jardim. Tinha cinquenta e dois anos, a força ainda era muita. Um dia, por acaso, numa rua de Lisboa encontrou um conterrâneo. De Água Izé mesmo. Foram muitos os abraços, as desilusões, as queixas, afinal nada era como tinha sonhado. E depois aquela gente toda a correr de um lado para o outro.

"Parecem doidos a sair do hospital" — desabafou — "E eu se aqui continuo endoideço também". Contou o seu drama ao amigo. Queria regressar a S. Tomé mas tinha que trabalhar para a viagem de regresso. Que afinal resultou em bem. Foi jardineiro no cemitério do Lumiar sempre com o pensamento na ilha.

Zeloso do seu trabalho não deixou ficar mal o amigo. Era um homem educado, honesto e sabia falar bem. Tinha andado na escola, sabia ler e escrever. Gostava de falar com o coveiro a quem ensinava que havia uma ilha chamada Cabo Verde com muitos nomes de santos...

Apesar de sair do trabalho já tarde e cansado ainda ia fazer uns biscates a limpar a escadaria de um prédio vizinho. Isso sim, isso custou-lhe muito. Era trabalho de mulher. Mas, para voltar à terra onde cresceu e viveu desde os dois anos, todos os sacrifícios eram válidos. O amigo foi-lhe dando notícias dos preços dos bilhetes. Ui, tão caros, ainda não conseguia. Mais outro ano de sacrifício a chorar pelos mortos que ficavam nas alamedas das árvores que ia podando, das carreiras de buxo que ia aparando, das jarras de louça onde ia alindando as flores que lá depositavam...

Um dia, já conhecedor de Lisboa e de suas ruas, pediu que lhe informassem onde podia comprar um bilhete de avião para S. Tomé. Foi perguntando até que encontrou. Era uma agência de viagens numa rua da Baixa. Entrou. Um jovem atendeu-o amavelmente. Depois de dizer o nome do destino, o jovem pesquisou e disse o preço. Horácio abriu os olhos de espanto. Como era possível um preço daqueles? Tão barato assim? O jovem respondeu

"Isso não sei. É o que aqui está-"

"Está bem, está bem," — disse apressadamente — "eu volto amanhã a esta hora com o dinheiro. Chamo--me Horácio Filimone."

O jovem sorriu e estendeu-lhe a mão. Horácio estava nas nuvens. Que melhor prenda poderia dar à esposa nesse mês de natal? Nem via a hora de chegar a casa. Sorridente contou à família. Ninguém acreditou mas perante afirmação tão convicta, Jeremias disse que ao outro dia iria com ele e se na realidade o preço fosse aquele ele compraria também para ir matar saudades da terra. Ele e a mulher.

Chegaram à hora da abertura. Não fosse alguém chegar primeiro e os bilhetes esgotarem. Por um preço daqueles! O jovem que o atendera na véspera não estava mas uma senhora quarentona, muito elegante e bem vestida disse-lhes que se sentassem. Ficaram frente a frente. Horácio tomou então a palavra. Contou o sucedido da véspera à senhora que ouviu sem pestanejar. Pediu-lhe apenas alguns segundos de espera e chamou o empregado que entretanto já chegara. O burburinho de palavras entre ambos mudou de tom.

"Foi você que atendeu estes senhores ontem?"

"Sim, fui, mas só atendi o senhor mais alto e magro." "Muito bem. Então, acha que este preço para S. Tomé está certo?"

"Está sim... foi esse o preço."

A senhora ficou com o rosto crispado. Fitou-o bem nos olhos "Como pode dizer uma coisa dessas! Mostre-me onde foi descobrir tal preço!" — quase gritou.

Sem se exaltar o jovem mostrou-lhe o catálogo onde se lia: "destino Cabo Verde"!

"Como Cabo Verde? Você enlouqueceu! Passa a vida a ver só novelas em vez de estudar..."

Os dois homens estavam boquiabertos. Cabo Verde?...

"Sim, Cabo Verde." — respondeu peremptório — "então S. Tomé não é uma ilha de Cabo Verde?..."

E maquinalmente começou a dizer:

"S. Vicente... Santo Antão... São Nicolau... Santa Luzia... São Tomé — é tudo nomes de santos" — justificou.

Horácio não aguentou. Lembrou-se das aulas na sua escola do mato mais de quatro décadas passadas... Num ímpeto levantou-se. Tinha que ensinar aquele jovem. Era seu dever ensinar o que lhe tinham ensinado.

"Mas não vê que são santos a mais!" — retorquiu num entusiasmo de sabedoria e patriotismo — "S. Tomé é um país independente... S. Tomé e Príncipe!"

O rapaz continuava impávido, com ar de incredulidade total perante o que acabava de ouvir.

"Para S. Tomé o preço é quase três vezes mais" — informou a dona da agência — "mas não se preocupe. O senhor só vai pagar o preço que ele disse ontem e ele paga o resto, isso é que paga. Nem o subsídio de natal lhe vai chegar para a ignorância que tem...nem o subsídio nem o ordenado..."

Os dois homens entreolharam-se. Horácio olhou para o jovem e viu-lhe os olhos cheios de água. Quase a rebentar. Dali a duas semanas era natal. O tempo do amor entre os homens e paz na terra! Como fazer então? Nunca o seu coração iria aceitar tal solução. Nem que tivesse de trabalhar mais um ano ou dois. Fez sinal ao cunhado que se levantou.

"Eu vou pensar melhor," — disse — "se calhar vou só para a Páscoa!"

E antes de sair, à porta da agência deixou um aviso ao jovem que continuava com ar de espanto.

"Desculpe mas para estar aqui a atender cliente tem que estudar muito, ê! S. Tomé é um país independente... muito longe de Cabo Verde!"

Horácio Filimone só voltou à terra ao fim de seis anos de trabalho no cemitério do Lumiar. Mas no coração levava o orgulho de ter ensinado um jovem que nunca vira. Um jovem que nem sabia que S. Tomé e Príncipe era um país independente... Não sabia porque não estudava! Por isso vai dizendo sempre com alguma tristeza "agora *minino di* hoje!... é só novela novela novela só..."

CHÁ DO PRÍNCIPE

Lúngwa non ku bóka non sá zustiça non
A nossa língua é a nossa justiça

Iolanda Barros, de seu nome de solteira Iolanda Dendém, mais conhecida por Iô, chegara de Lisboa cheia de manias. Saíra da terra aos treze anos com sua tia Viviana, velha moradora do bairro da Cruz de Pau, em Lisboa, e que prometera a sua irmã Adóstia fazer dela uma "mulherzinha" como se desse vocábulo pudessem nascer todas as riquezas e venturas. E ao que parece nasceram mesmo, pois Iô singrou na vida de maneira rápida e afortunada.

Nesse dia, aquando da sua despedida entre lágrimas e risos, Iolanda jurou a todas as colegas de escola que não mais poria os pés em terras do Equador. Ou melhor, poderia voltar, mas se voltasse seria para mostrar a abastança que iria granjear em lusas paragens... Miséria?! Nunca mais! Pé descalço?! *Kê Kwá*! Casa de *va plegá*? Sujidade por todo o canto, mosca, mosquito... Nem pensar!

E se voltasse, repito, se voltasse, não mais comeria aquelas coisas de *d'jógó* nem de angu nem *kalulu* nem usaria mais aquelas trancinhas que tanto trabalho davam a avó Inocência a trançar e a destrançar. Mesmo assim, se voltasse, seria para dizer bem alto "vejam bem, ali, aquela vivenda grande no Campo do Milho é de Iolanda Barros, por todos conhecida por Iô"

Mas talvez até o nome ela mudasse! Iô... *kê kwá*! Dona Iolanda se faz favor, agora casada com Adilson Barros, engenheiro eletrotécnico acabado de formar no Brasil mas com trabalho prometido para breve em Lisboa numa empresa de renome internacional. Chegaria, sim, com seu filho pequenino ao colo que essa coisa de *bobô mina* ela já não queria mais não. No bracinho infantil a brilhar uma pulseirinha de ouro com o nome da criança gravado "Iolson Barros"!

E essa história de ir ao curandeiro ou ao entendido nas ervas do mato ou a esse outro a que chamam *pyadô zawá* também era para esquecer! Páscoa, sua prima mais velha que há muito vivia em Lisboa contara-lhe um dia, ao regressar à ilha, que tinha dado à luz num hospital maior que o da antiga roça Rio do Ouro nos

tempos áureos em que o velho Fonseca bebia champanhe francês em taças de cristal da Boémia!
Se a doença lhe batesse à porta durante uma curta estadia na terra iria diretamente ao farmacêutico ou então... a uma clínica privada que já começavam a proliferar na cidade e arredores ou não se chamasse ela Iolanda Barros agora a tratar-se num dentista brasileiro da Av. de Roma que lhe tinha posto na boca um arame cheio de pedrinhas a reluzir... enfim, moda é moda e quem tem dinheiro até brilha quando mostra os dentes!
Iô desceu as escadas do avião com Iolson pela mão e atravessou a pista até ao hangar numa dengosidade tropical própria de quem sabe que está a ser olhado, espiado, analisado, numa só palavra, admirado! Num burburinho ela ia ouvindo o seu nome... "Iôô... Iôô..." Sim, após quinze anos de ausência era mais que certo que Iolanda Barros tivesse a família toda à sua espera... isso é uma tradição antiga nesta terra! Noutros tempos quando os navios ficavam ao largo vindos de longes paragens chamava-se o dia de São Navio. Ninguém trabalhava, sobretudo os mais ricos que se aperaltavam todos e lá iam, ao fim de beber uma cerveja fresquinha no bar do Hipólito, em direção ao cais onde os célebres barquitos, os gasolinas, iam chegando com os novos residentes para as ilhas do cacau. Com os tempos mudados é na rede do aeroporto que os braços se erguem no dia de Santo Avião para saudar os que chegam ou dizer adeus aos que partem. Por isso naquele dia mãe, tios, tias, primos e mais primos e ainda mais primos, que em S. Tomé somos todos primos, Vanilda, sua amiga preferida de infância e de escola, sua avó Bendita que

a outra, Inocência, a que lhe fazia e desfazia as trancinhas há muito partira para donde nunca mais se volta, toda essa gente estava ali, ansiosa, à espera para saudar e apertar nos braços Iolanda Dendém, a sua Iô.

No meio da multidão, como era de esperar, o seu amado primo Santinho que a trouxera nas costas, que a mimara quando bebé, que a protegera sempre de tareias quando o pai entrava em casa com uns copos a mais e cheiro de cacharamba a empestar tudo e todos, que a defendera de namorados indesejados, de feitiços... Santinho sempre a trazia da escola no seu velho táxi a brilhar de amarelo, aquele amarelo gema de ovo que tanto carateriza os carros de aluguer da nossa terra. E Santinho dava-lhe sempre o lugar da frente para não vir no banco traseiro no meio daquela amálgama de muita gente grande e gorda que vai entrando e que juntamente com as cestas e os cachos de banana e as garrafas de azeite de palma e os embrulhos de peixe seco e fumado e salgado se vão apertando até ficarem de tal maneira encaixotados que mais parecem cachos de banana-maçã... enfim, coisas da terra, da nossa terra!

Santinho era filho de Manuela Dendém, irmã mais velha de sua mãe e que falecera tinha Santinho um ano apenas. Então Adóstia, mãe de Iô, o levou com ela para Diogo Simão, depois para Belém, o criou e o amimou como se seu filho fosse. Por isso quando Iô nasceu Santinho pensou que tinha uma irmã mais nova, *kodé* como se diz aqui nestas paragens. Prestável, moço de recados, bem falante, pé descalço a deslizar com ligeireza na terra barrenta e gorda, num instante ia à roça, num outro ao mercado, num outro ao rio apanhar água e assim ia retribuindo a sua tia o amor que ela lhe dava. Com as gorjetas que foi amealhando na Padaria Bernardo acabou por se ir matricular na escola de condução e ao fim de alguns meses Santinho já engrossava o número de taxistas que da Trindade descem bem cedinho rumo à capital.

O que mais custou a Santinho foi ver Iolanda partir. Era triste mesmo não poder ir com ela, mas... Santinho, como todo o bom forro, tinha um monte de filho, muitas mulheres a atestar a sua masculinidade pujante... então, como partir? Mas agora tantos anos volvidos estava ali desde manhãzinha à espera de Iô, a sua Iô, a sua *kodé*!

Beijos e abraços, muitos muitos abraços, relembranças de uma mocidade inteira que não foi partilhada entre todos. Parece que não, mas quinze anos de ausência é muito tempo quando se parte aos treze! Deixara a terra saída de uma infância feliz e regressava a meio percurso da força da vida, diferente, mais forte, mais mulher feita mas linda como sempre fora. Agora sobressaía nela a altivez e a riqueza com que queria arrostar os que tinham ficado. A mãe chorava, a avó chorava, os tios choravam... mas porquê e para quê? Bobagem, pura bobagem, ela vinha para pagar tudo, para acertar contas com o destino, oferecer, comprar, pagar... esse é sempre um verbo importante para os que ficam na ilha e esperam ansiosos o regresso dos que lhes dizem vir de uma terra cheia de tudo o que é bom! Lisboa, Luanda ou Libreville, o destino premeditado encimado por um "L", apanágio de Liberdade. E quem regressa dessas cidades quer ostentar perante os outros o estigma da abastança, da riqueza sem fim, dos dias incontáveis de felicidade redobrada mesmo que não seja essa a verdadeira realidade.

Iolanda foi levada até a um jipe azul escuro que Santinho pediu emprestado a Tomé Baleia, dono de uma casa comercial na cidade e amigo de longa data da família Dendém. É que o seu velho táxi, além de não ser digno para a sua prima chegada de Lisboa, estava a precisar de pneu, de retrovisor do lado do condutor, de tubo de escape, de estofos... enfim... E assim Tomé Baleia salvou a situação com o empréstimo do seu jipe importado de Luanda há bem pouco tempo. Nele entraram Iô e o filho, Santinho, a mãe, a avó, tia Nascimento, tia Cacilda, tia Susana, e o resto da família seguiu em táxis a atestar a sua extensão mas também a alegria desmedida que assaltara o coração de todo aquele clã. Iô viajara com o filho, pois Adilson Barros, o marido, estava a trabalhar numa empresa havia apenas um mês.

"Que calor sufocante!" repetiu como se nunca ali tivesse passado dias bem mais aflitivos de calor e de chuva na época em que a ilha parece um braseiro!

"Bem sabes que estamos em janeiro, calor agora aperta muito minha filha!" a mãe segurava-lhe a mão esquerda onde no dedo anelar reluzia uma bela aliança de casada e uma pulseira também em ouro enrolava-se no braço do mesmo lado.

Santinho conduzia devagar a querer mostrar-lhe a praia Lagarto, os hotéis que agora bordejavam a marginal e que não existiam quando ela partiu, as grandes moradias, prova de uma riqueza latente nos novos habitantes de um país que ainda não encontrou o seu rumo certo na História.

"Hoje eu pago o almoço a toda a gente que veio esperar-me ao aeroporto."

Gargalhada geral. Alegria esfusiante. O jipe parou. A notícia foi passada aos outros ocupantes dos táxis. Que ela pagaria também. Houve até quem aplaudisse. Não só pela frase dita com sotaque já lisboeta mas pelo prenúncio de abundância que aquela frase indicava.

Por unanimidade foram ao "Boca Louca" onde se deram mais abraços e mais beijos, muitos, tantos que fizeram esquecer o calor sufocante tanto do tempo que fazia como da comida que pecava pelo excesso de maguita *tuá-tuá*. Iolanda pouco comeu. Desculpou-se de novo com o calor, com a criança que estava rabugenta pois a viagem tinha sido longa e conturbada com duas escalas, uma em Dakar e outra em Abidjan, e com os mosquitos que a inquietavam muito mais que o calor.

"Na roça faz mais fresco minha filha"
"Vou ficar na roça?"
"Minha filha voltou onde nasceu, é lá que vai ficar"

A mãe não falou com carinho. Deu uma ordem e para não criar atritos Iolanda sorriu como se tivesse ficado feliz. Mas não ficou.

Tilintaram copos abarrotados de cerveja, vinho de palma e sumo dos mais variados frutos da ilha mas Iolanda, já com seus ares de europeia, preferiu Fanta, Coca Cola, Seven Up... Cada um comeu e bebeu o que quis com a satisfação própria que Iolanda lhe proporcionou. Durante duas semanas eles tinham a certeza que a sua vida seria um conto de fadas com a chegada daquela filha pródiga disposta a dar-lhes tudo do bom e do melhor.

Foi uma sensação de retorno passar a porta de entrada da sua casinha de madeira nos arredores da Trindade. Belém vestiu-se de alegria para receber Iô, a sua Iô embora apenas um sorriso deslavado tivesse sido a resposta que tiveram. Realmente ela vinha de Lisboa cheia de manias!

Dormiu na sua antiga cama com o seu bebé também ele rodeado de mimos e de carinhos da mãe e da avó e das vizinhas que não se cansavam de repetir

"Mas que lindo menino tu tens!

"E teu marido ficou bem?"

"E teu marido quando vem visitar gente?"

"Iô, você lembra de mim? Não? *Kê!* Sou sua vizinha Nadila!"

"Iô eu trouxe este safu para você! É tempo dele!"

"Minha mãe manda cumprimento para você, Iô."

"Obrigada. Ela vai bem?"

Ao outro dia apareceu um grupo de amigas do tempo da escola. Queriam vê-la, queriam abraçá-la, queriam ver a criança... Que não, que nem ousassem pôr o menino nas costas, ele não estava habituado, ah! Ir passear? Pelo mato fora? Isso é coisa de gente maluca... Época de calor e chuva, época de gita no mato. Mas elas insistiram! Se a chuva viesse em força a folha da bananeira serviria de chapéu... ou ela já não lembrava como iam para a escola em dias de chuva forte?

Ficou de cama no dia seguinte. Alegou dor de barriga, dor de cabeça. Mudança de clima talvez, disse a mãe. Acorreram os vizinhos, as tias, as primas mas Santinho deu as ordens

"Não se preocupem. Iolanda tem apenas resfriado. Mudança de clima. Ontem andou aí pelo mato com chuva! Isto passa."

Mas não passou. Nem ao outro dia nem no seguinte. Era preciso ir ao posto médico

"Nem pensar!" — gritou Iô — "eu só vou à clínica"
"Quê! Minha filha clínica é muito caro! Isso é só resfriado, vai passar!"

Foi dito por quem sabia, a avó, que um chá de folha *xalela* seria remédio santo.

"Folha *xalela*?! Que é isso?" perguntou Iolanda quase se escandalizando.

Santinho vendo que a mãe e a avó ficaram perplexas acorreu a compor a situação.

"Sim Iô, é a folha do Gabão, chá do Príncipe... é ótimo, já não lembra?"

Ah, então era isso, chá do Príncipe! Com a mudança do nome do santomé para o chiquismo português com intervenção de um título da nobreza tudo se tornava mais simples! Pela primeira vez um sorriso em grande se desenhou no rosto de Iô. Agora podiam ficar descansados, ela tomaria o chá!

Outra complicação. Com a seca que tinha grassado na ilha no mês de setembro, o tufo de folha *xalela* que a avó desde sempre cultivara no quintal tinha desaparecido. Procurou-se em todos os quintais vizinhos. Sam Adóstia fez constar que sua filha pagaria bem por umas quantas folhas do bendito chá. De nada valeu. Ninguém tinha. Aliás hoje em dia com os jovens desinteressados das nossas antigas práticas medicinais, o seu cultivo caiu em desuso. Mas é pena!

Então Santinho, solícito como sempre, ofereceu-se para ao outro dia procurar no mercado da cidade. Alguma *palaiê* havia de ter. Ele ia bem cedo com o seu táxi e faria propaganda. Quando regressasse de certeza que traria o abençoado chá. De mais a mais Iolanda pagaria uma nota fechada por tal encomenda.

O dia passou-se sem grandes pressas, o menino a ser adorado por todos, a querer só o colo da mãe que continuava a pôr defeitos na comida, no calor sufocante, na falta de ar condicionado, na falta de transporte público, nas visitas que eram demais, nas vizinhas fofoqueiras... a queixar-se de dor de cabeça... muita dor de cabeça com febre pelo meio...

Mãe e avó esperavam ansiosas a vinda de Santinho, se ele viesse e trouxesse o abençoado chá talvez ela ficasse melhor, quem sabe?

Era já noite mesmo quando se ouviu o táxi parar na beira do caminho rente ao portão do quintal. Iolanda cochilava mas ouviu a voz de Santinho

"Tia, a senhora tem aqui um molho de *fyá xalela*. Amanhã falamos"

"Como conseguiu meu filho? Diz que mesmo no mercado está difícil!"

"Amanhã a gente fala tia. Faça o chá, faça o chá pra ela."

Ordem dada, ordem cumprida. E de tão bom que estava Iô pediu mais, três chávenas de uma assentada e de tal modo lhe soube bem que todos os dias à noite o chá do Príncipe passou a ser um ritual sagrado como o *kalulu* em dia de festa grande. E o chá fez milagres. Até *sôo* ela comia agora, *sôo* de *matabala*, *bláblá*, *d'jogó*... comia e repetia... tudo por conta do efeito desse bendito chá! Além disso a dor de cabeça passou, a febre desapareceu!

Como recompensar Santinho que de quando em vez lá deixava na cadeira da varanda um molho enorme de *folha xalela*?

Iolanda falou com a mãe, pediu conselho, pensou em ir a casa de Santinho dar-lhe dinheiro, que não, disse a mãe, ele podia ficar ofendido, que esperasse até Santinho apresentar contas, avisou a avó. O chá fazia milagres e apesar de ainda continuar um pouco distante dos que a tinham visto partir há quinze anos atrás, Iolanda estava muito mais simpática que no início.

"Deve ser do chá" comentavam as vizinhas a quem a mãe contara que a filha estava a recuperar muito bem. E em segredo os mais novos já comentavam que iriam cultivar de novo a bendita folha que afinal fazia tão bem à saúde.

"Onde teria ido Santinho descobrir tanta *folha xalela* que nem as *palaiês* trazem para o mercado?!"

Esperaram por ele uma tarde. Já a noite a descer no caminho. Tentaram saber onde ele conseguiu o chá. Mas Santinho ria só, ria muito. Quase o levantaram em braços. Cantaram para ele. Estavam todos felizes por Iô.

Os dias iam passando velozes entre idas à cidade, passeios à beira mar, comidas em restaurantes caros, sim, ela, Iolanda Barros, estava de regresso mas um regresso de menina com posses granjeados em terra lusa que com a força e o amparo de Adóstia, sua tia, e ao fim de feito o 12º ano, lhe conseguiu um bom emprego de secretária numa grande empresa de transportes. Por isso poucas misturas com essas coisas da terra! Só com o chá que lhe fez passar as dores de cabeça, de barriga, até mesmo a febre! Só com o chá!

Santinho apareceu, como não podia deixar de ser, no dia da partida. O regresso a Lisboa estava marcado para as oito da manhã mas ele prontificara-se para lhe levar as malas, as lembranças... Que deixasse ficar tudo, ele levaria.

"Se puderes arranja-me mais um molho de chá do Príncipe" gritou para Santinho

"*Fyá xalela?*"

"Sim, chá do Príncipe"

"Prima quer molho grande ou pequeno?"

"O que puderes. Amanhã te pago tudo."

"Preocupa não, prima, não preocupa não."

Conversa de varanda para a estrada, de estrada para a varanda, conversa que só existe nesta ilha com cheiros a baunilha e a canela.

Iolanda andava num rodopio, estava feliz por voltar ao seu mundo europeu, às suas comodidades como se fartou de dizer! Na mala a melhor recordação, o seu chá com sabor aristocrata ou não fosse ele do Príncipe! Iria oferecê-lo como lembrança da terra às amigas de Lisboa!

Ah! Quase se ia esquecendo tal era a pressa de partir. Santinho tinha que lhe apresentar contas de tanto molho de *folha xalela* com que se deliciou no seu regresso à ilha! Até ao último dia antes de sair de casa,

uma chávena grande que bebeu e repetiu com prazer...
O seu chá do Príncipe ainda a saber-lhe bem na boca,
o paladar agridoce entre limão e manga! O dinheiro
estava na carteira à espera de ser entregue. Santinho,
com um ar inocente, riu muito, muito, que não, não
tinha nada a pagar.
"Como assim? Nem pensar!" retorquiu Iô quase
ofendida.
"Prima sabe... naquele dia em que prima se sentiu
mal eu fiz uma viagem com cliente a São João da Vargem. No regresso, como passava à porta do cemitério, olhei lá para dentro e vi que em cima das campas estava tudo cheio de folha xalela. Tanta que parecia capim. Então entrei e apanhei. Fui lá todos os dias buscar para a prima. Mesmo esse que leva para Lisboa fui lá buscar... *Kê!* Prima! Agora quer pagar a quem? Só se for a morto, a mim não... a mim não... *Kê kwá!*"

GLOSSÁRIO

Açucrinha doce típico feito com coco e açúcar
Angu puré de banana com que se acompanha o kalulu
Bansa corda para subir às palmeiras
Blá-blá prato típico da gastronomia santomense
Bô tendê? Você entende?
Bôbô mina transporte feito de pano onde as mães levam os seus filhos nas costas enquanto são bebés
Bond'jaô bom dia
Bôtand'ji pano às riscas bastante resistente
Bunzio corruptela de "búzio"
Cand'já zête candeeiro de azeite
Coco d'awá coco ainda verde do qual se bebe a água
Coladera música de Cabo Verde
Con con peixe muito apreciado na ilha

Devoto alma do outro mundo
D'jambi ritual
D'jógó prato da gastronomia santomense
Erva Príncipe (*Cymbopogon citratus*) erva com a qual se faz o conhecido chá do Príncipe
Fénu inferno
Flesku tá tá tá muito fresco, fresquinho
Flimar namorar; atingir a puberdade
Folha chalela chá do Gabão; chá do Príncipe
Fyá malixia (*Mimosa pudica*) planta cujas folhas fecham quando se lhes toca
Fyá xalela (*Cymbopogon citratus*) o mesmo que chá do Príncipe (folha chalela)
Gandu tubarão
Gasolina barco a motor que fazia o transbordo dos paquetes até ao cais
Gita (*Boedon lineatus bedriagae*) cobra rateira
Gravana estação seca que vai de maio a setembro
Inhém Dóxe parte do meio da folha da palmeira
Izaquente (*Treculia africana*) fruto da izaquenteira muito utilizado na cozinha tradicional santomense (pode fazer-se doce ou salgado)
Kalulu prato tradicional de S. Tomé
Kapwelê armadilha para apanhar morcego
Kê kuá expressão de admiração
Kentxi zu zu zu muito quente
Kodé o filho (ou o irmão) mais novo
Konóbia (*Alcedo cristata nais*) ave que vive à beira dos rios
Kwali cesto tradicional

Leve leve expressão idiomática para "tudo bem"; "assim, assim"

Libô d'awá planta medicinal

Lôsô min arroz doce feito com leite de coco

Luchan pequena localidade

Maguita tuá tuá (*Capsicum annum*) pimenta cujo fruto (piripiri) entra em quase todos os pratos típicos

Margoso arbusto que serve para fazer cercados

Matacanha (*Tunga penetrans*) pulga que se introduz nas unhas dos pés, também conhecida por "bixô"

M'bilá túmulo dos escravos e contratados nas roças

Mikokó (*Ocidum víride*) arbusto cujas folhas se utilizam na culinária e na medicina tradicional

Mina kiá menina criada em casa de outra família

Mind'jan remédios feitos à base de ervas

Mixidade lentlá tela non a necessidade entrou na nossa terra

Móli móli o mesmo que leve leve, devagar, devagar

M'piam solano árvore da flora santomense

Mússua (*Hibiscus acetosella*) planta cujas folhas e caules são utilizadas no kalulu

Obô floresta virgem; mato cerrado

Omali mar

Pagá devê ritual mágico que tem por finalidade restabelecer a saúde do nascituro

Palaiê mulher que vende no mercado os produtos locais (peixe, banana, lenha...)

Pau-Quimi (*Newbouldia laevis*) árvore de grande porte cujas folhas são utilizadas no tratamento de resfriado

Plêgida mulher que não sabe cozinhar
Pyadô zawá curandeiro especializado na análise da urina dos pacientes
Safú fruto do safuzeiro (*Pachylobus edulis*)
Sam senhora
Santomé (Lungwa) língua materna de São Tomé
Socopé dança tradicional, genuína de S. Tomé e Príncipe
Soya história
Soya dá buyá adivinhas
Sôwo prato tradicional
Sum senhor
Vamplegá parede de casa feita de materiais de palmeira
Vê sá vê velho é velho
Vianteiro homem que sobe à palmeira para lhe extrair o vinho

Dados Internacionais de Catalogação na Publicação (CIP)
(Câmara Brasileira do Livro, SP, Brasil)

Beja, Olinda

Chá do príncipe : Olinda Beja — Rio de Janeiro : Livros de Criação : Ímã editorial : 2021, 194 p; 21 cm.

ISBN 978-65-86419-13-9

1. Contos portugueses. 2. São Tomé e Príncipe. I. Título.

21-68490   CDD 869.1

Índices para catálogo sistemático:
1. Contos : Literatura de São Tomé e Príncipe   869.1
Aline Graziele Benitez - Bibliotecária - CRB-1/3129

Ímã

Ímã Editorial | Livros de Criação
www.imaeditorial.com.br